# Vista del abismo

# Tomás González

# Vista del abismo

ALFAGUARA

Papel certificado por el Forest Stewardship Council®

Primera edición: enero de 2026



*Printed in Spain* – Impreso en España

ISBN: 978-84-10299-44-3
Depósito legal: B-19706-2025

Impreso en Unigraf, Móstoles (Madrid)

AL99443

# La casa partida

Hace cincuenta años un matrimonio dividió su casa en dos para no tener que separarse del todo, pues se querían, pero no se soportaban. La casa no sufrió cambios externos. La fachada no dejaba adivinar nada. Bellas ventanas antiguas, portón altísimo que se cerraba con una llave muy grande. Una de las casas más apreciadas del lugar.

La arquitectura se prestaba a la partición. Armados de tiza y metro lograron un corte casi exacto en cuanto a distribución y metros cuadrados construidos. Como le temían a la soledad, los reconfortaba saber que el otro, en un espacio casi idéntico, aunque opuesto, se mantendría siempre cerca. Durante la división con tiza y metro surgieron algunas peleas. La exhaustiva precisión de ella, su sentido de justicia, que por momentos lindaba con la falta de generosidad y de amplitud de espíritu, lo exasperaba. Es que no hay que ser tan tacaño al medir, decía. Ella enumeraba entonces las muchas veces en que justamente él había sido el tacaño. Tenía excelente memoria y recordaba eventos recientes de mezquindad masculina y también los de hacía muchos años. Él se quedaba entonces en silencio, molesto, confundido, como si en un parpadeo le hubieran cambiado el piso al mundo. Dejaban de hablarse y de tocarse durante algunos días y de nuevo volvían a hablarse y a tocarse.

La división propiamente dicha no les pareció empresa complicada, pues conocían en el pueblo buenos albañiles que reparaban o modificaban las mismas casas que otros albañiles, tal vez de su misma sangre, habían levantado hacía más de doscientos años. Dividir el patio trasero fue lo más difícil. ¿Cómo podían valer lo mismo los metros donde estaba el aguacate o el zapote, dijo ella, que los del lado izquierdo, el que a ella le correspondía, en donde estaba el cilantro y demás? Él se resistió o fingió resistirse a la idea y al final terminó por cederle algún espacio a cambio de aguacate y zapote. Entonces negociaron, no sin complicaciones, los demás frutales e hicieron un cerco o partición bastante bien presentado en varas delgadas de guadua. En ciertas partes las varas se inclinaban paralelas hacia un lado, en otras se inclinaban hacia otro, y esto le daba muchos brillos y movilidad a la división, especialmente cuando le pegaba el sol que se filtraba entre los árboles.

Para no tener que comer solos, en la partición de la cocina dejaron una ventana de postigos que, en caso de necesidad o antojo, se podía cerrar bien por los dos lados. En cada uno había mesa de comedor, y sobre un poyo o encimera se ponían en la ventana las bandejas. Como no les gustaba la cabecera, el carpintero empotró la mesa paralela a la ventana y un poco corrida hacia la derecha, pues tampoco querían sentarse justo en el centro.

Casi dos años cocinaron por turnos. Entonces, durante un almuerzo, ella pareció querer decirle algo y no atreverse. Él había preparado fríjoles con pezuña de cerdo, arroz blanco con arvejas que siempre le quedaban algo duras y jugo de mora, espeso como sangre de toro. «Las arepas sí estaban deliciosas», dijo ella. Mirá, yo estaba pensando, ¿por qué más bien vos no te encargás de unas cosas y yo de las otras? Hablaban y se movían como si estuvieran en terreno minado. Él sabía que el problema era la calidad de su cocina, pero temía que ella lo dijera, por su propia reacción y el horrible desencuentro que podría sobrevenir si se hablaba de manera explícita de todo aquello —ella lo hacía bien, pasable, pero no era una chef ni mucho menos, y a él se le daban los sarcasmos—. Entonces dijo rápidamente que estaba de acuerdo, y así, en el último segundo y como en el borde de un barranco, se zanjó el asunto.

La mayoría de los trabajos de separación se hicieron en madera. Lo bueno del maestro Tulio, el carpintero, además de su destreza, era que se mantenía tan embebido y obsesionado con el trabajo, con su arte en este caso, que de parte de él no tenían que sufrir comentarios sobre la sensatez de la obra, como pasó con los albañiles. Tallaba su amada madera sin prestarle demasiada atención al cuadro general. Se usó buena madera, no la mejor, pero sí buena, y se pusieron celosías de rosetones labrados en varios sitios —había una particularmente bonita, rectangular, de cuatro rosetones, sobre la ventana de postigos del comedor—, así como celosías sencillas, pero ubicadas de modo que acentuaran las armonías de la luz y dejaran filtrar la silueta del otro lado, y el sonido. Él alcanzaba a oír el murmullo del rosario que ella rezaba por las tardes en su sala y ella el raspar de la barbera cuando él se afeitaba en las mañanas.

En la partición del solar dejaron una puerta escondida por un gran curazao de flores moradas que se había enredado en un naranjo —criollo, de los grandes— hasta hacerlo casi desaparecer. Por esa puerta se pasaba a la otra mitad de la casa y también había cerradura por los dos lados. Tuvieron que desviar algunos centímetros la partición hacia el terreno de él para que pasara justo por el sitio donde estaban naranjo y curazao. Las pocas pero grandes naranjas del árbol aparecían de los dos lados y se alcanzaban a ver entre el follaje de la enredadera. Ella insistió en compensarlo con algunos metros cuadrados de su parte del solar.

Pocos meses después de terminada la partición, y con la recién lograda independencia, él guardó para siempre la barbera en su estuche y se dejó crecer la barba, que se hizo áspera primero, se esponjó después y adquirió una suavidad que, al sentir los dos en cualquier momento el irrefrenable impulso de cruzar el umbral, se juntaría con las suavidades de ella en una larga cadencia a la que por un buen rato no se le vería claramente el desenlace. En ese oleaje por el que se dejaban mecer no con mucha frecuencia, pero sí con mucha intensidad —sus encuentros eran pocos y grandes, igual que las naranjas entre el curazao—, el final terminaba siempre por hacerse acuciante e inaplazable y exigía otras posturas, otros ritmos. En algún momento los dos habrían querido que aquello se detuviera, para no perderlo. No se detenía. Se unían muy bien y terminaban. Muchas veces ella perdía la conciencia, mientras que la de él se iba para una región a la que sólo de esa forma se llegaba. Y al lograrlo todo, lo perdían. Lo perdían durante unos días y siempre lo recobraban. El mundo estaba en vilo.

Una mañana muy temprano un camión de las Empresas Públicas que cargaba una retroexcavadora se llevó por delante el alero de la esquina y dejó la calle llena de tejas partidas y otros escombros. La casa era ya de la empresa, que los había dejado quedarse hasta que tuvieran lista la del nuevo pueblo, pero ella, que no lloraba nunca, no pudo contenerse y él la consoló lo mejor que pudo. Poco antes de que llegara el agua harían desempotrar ventanas, celosías, rosetones, puertas y portón y los llevarían a una finca bonita que él tenía en la vereda La Magdalena. La propiedad era una isla cuando el embalse estaba alto, península cuando estaba bajo, y se había salvado como de milagro. Sólo dos o tres metros de su periferia quedaron bajo el agua. Ella estuvo de acuerdo con dejar las cosas en la finca, donde iban a estar seguras, pero exigió que las suyas se guardaran en un cuarto distinto de las de él. «Eso es mío», dijo. «Vos empezás a mezclar todo y después soy yo la que sale perdiendo. La memoria es lábil». Él trató de no enojarse por haber sido llamado poco menos que ladrón, y no dijo entonces usted piensa que hago todo para aprovecharme, con lo cual una batalla campal sería inevitable. Se quedó callado y el nubarrón de malhumor que había aparecido en su horizonte esta vez se disolvió sin consecuencias.

Se fueron por fin, y a la casa, entera otra vez, le anegaron sus metros cuadrados y los doscientos y más años de su pasado con casi dos millones de metros cúbicos de agua. El sitio donde ellos tanto habían gozado. Los dos pensaban que desde su trasteo para otra mucho más pequeña en aquel pueblo que los de Empresas Públicas habían inventado, la vida sensual ya no era la misma. Lo hablaron incluso. Ella dijo que los clímaxes tan grandes que habían vivido en la casa algo tenían que ver con la exuberancia de ese curazao, que se mantenía todo excitado y florecido.

—Una belleza, pobrecito —dijo—. Se ahogó cundido de flores.

Él pensó que el plural de ella se acercaba más a la verdad de los hechos y no quiso decirle que se decía «los clímax».

—Eras mujer de muchos clímaxes —dijo en cambio.

La nueva casa, pequeña, no se prestaba a particiones. Empezaron a pasar cada vez más tiempo en la finca hasta que se quedaron allá y vendieron la del pueblo. Habrían podido partir la de la finca, que sí se prestaba, pero ya no eran jóvenes.

Compraron una lancha de quince pies y motor de veinte caballos en la que fueron durante algunos años a flotar un rato todos los viernes en la nueva represa, no tanto sobre la casa, pues ya no quedaría casi nada de ella, sino sobre la profundidad de lo que habían perdido.

Al día siguiente de una de aquellas visitas ella dijo que había tenido un sueño impresionante, pero no quiso contarlo. Sólo mencionó que había sido sobre la casa. Se enfrascó entonces en un silencio largo, de todo el día, rarísimo en ella, y ya por la noche soltó de repente con voz indignada, al borde de las lágrimas:

—Decime. Y nosotros... ¿por qué fue que perdimos la casa, al fin de cuentas?

# El huerto de allí cerca

*Recuerdo haber leído en algún viejo*
*periódico o en alguna revista antigua*
*una crónica que, relatada como si fuera*
*real, contaba la historia de un hombre,*
*de nombre Wakefield, que decidió marcharse*
*a vivir lejos de su mujer una temporada.*

NATHANIEL HAWTHORNE

Me despedí de mi mujer y de mis hijas y, con la ropa en el morral y los arreos de pesca en una tula, tomé el taxi que había pedido por teléfono y en media hora estaba en la terminal de buses. En un supermercado de la terminal compré lo que iba a necesitar para los cuatro días que supuestamente me quedaría en la represa. A eso de las cinco de la tarde, después de seis horas de viaje, me bajé en la carretera y caminé entre los aromáticos pinos hasta la cabañita que había alquilado justo frente al agua. Olía también a pino. Y a barniz. Había estado allí otras veces con mi mujer y las niñas.

Amarrada en el muelle estaba la canoa, tapada con el grueso plástico gris al que ataban botellas llenas de agua en las puntas para mantenerlo estirado de modo que no entrara la lluvia. Desempaqué, me tomé un café y salí en la canoa. Pesqué de bahía en bahía hasta el anochecer y saqué dos truchas-bass demasiado pequeñas, que devolví al agua. Me crucé con una lancha de pescadores de las largas, que se usan en general para transportar arena; saludé con la mano, y los seis turistas pescadores, que desde sus sillas Rimax lanzaban hacia la orilla, también levantaron la mano. Ya casi era noche y hora de volver cuando saqué una trucha de unos treinta centímetros. La desnuqué, destripé y decapité en la misma canoa y empecé a remar hacia la casa. Las autoridades encontrarían los restos de una trucha frita en la caneca de la basura, junto con varios grumos grandes de borra de café y cuatro cáscaras de huevo.

Al día siguiente salí en un amanecer dorado que sólo pude admirar de reojo, concentrado como estaba en mi tarea, y en el primer lanzamiento saqué una trucha mediana, que dejé en la canoa. Volví a lanzar y entonces puse la vara en el agua y la vi hundirse. Regresé y empujé la canoa, que se alejó del muelle arrastrada por la brisa, como una embarcación fúnebre, mientras las guacharacas sonaban ya por todas partes. Me acompañó la suerte. Nadie me vio salir a la carretera y tomar el bus de las siete, en el que venían algunos pasajeros, adormilados, indiferentes. Y seis horas después, otra vez en la terminal, tomé un taxi que me llevó a una casa a unas diez cuadras de la que hasta hacía dos días había sido la mía y ahora era sólo de mi mujer y de las niñas.

Por fin estoy aquí, pensé. Saqué una cerveza de una nevera que tenía todavía los avisos amarillos adhesivos de fábrica, y me senté atrás, en el patio. Incliné el vaso, serví la cerveza y miré el terreno donde irían las camas de hortalizas. Nadie deslizó discos de corcho debajo del vaso y la botella para que en la mesa no quedaran redondeles. Tenía los paquetes de semillas sobre la mesa. La mesa era nueva, la silla era nueva, los paquetes de semillas estaban sin abrir. Cebolla junca, cilantro, rúgula, todo lo que ofrecían en una plaza de mercado cercana, una de las más grandes de la ciudad, donde pensaba vender mis verduras tan pronto las produjera.

La casa tenía antejardín que daba a la calle y me proponía mantener descuidado, como si viviera en ella algún viejo jubilado, de huesos porosos. Le sembraría plantas de romero, que cuando se lo descuida se pone feo y parece querer invadirlo todo, y algunos geranios, con el propósito de regarlos poco y podarlos menos, de modo que se pusieran varudos y desapacibles. Así desaparecería mejor. A los vecinos les inventé la historia de que era viudo sin hijos y practicaba el arte de la horticultura, pues los días de los jubilados son largos, diría, y más si están solos en el mundo. Además, era un ingreso que caía bien, diría, teniendo en cuenta lo magras que eran hoy en día las pensiones. Me dejaría la barba y empezaría a usar siempre las botas de caucho de los horticultores. Las botas también eran nuevas.

Dejé de leer los periódicos durante un tiempo, para evitar encontrar noticias amarillistas sobre mi caso o tal vez mi propio obituario o tal vez nada. Volví a hacerlo cuando calculé que la conmoción, si la hubo, habría cedido. La represa era bella y fría, muy profunda, con lodos traicioneros donde quedaba atrapada la gente que se enredaba en el fondo de algas. No sería el primero que se ahogaba sin dejar rastros. Revisarían la casita frente al agua y nada raro encontrarían. Aparecería la canoa y vendrían los buzos.

A los tres meses ya no parecía disfrazado. Las botas estaban sucias y a las uñas ni el cepillo les quitaba la tierra. No terminaba de aparecer la luz del día y ya estaba yo entre las verduras, mirando el avance que habían tenido por la noche y revisando bien las hojas en busca de gusanos y pulgones. Les vendí las primeras lechugas a los minoristas de la plaza de mercado. Sanas, frondosas, llenas de luz. No pagaron mucho, pero no se trataba de eso. Una lechuga llena de luz no tiene precio. O un rábano con el color vivo y la perfección de los que también llevé ese día. Con el tiempo logré adaptarme y hasta integrarme al ambiente de horticultores y verduleros. Al principio no lograba entender el rápido humor de los dueños de los puestos. Con los años aprendí a negociar mis hortalizas y a vislumbrar el tema de los golpes de ingenio que se lanzaban de unos puestos a otros por encima de las pilas de repollos y zanahorias, y a defenderme e incluso contratacar un poco si era el centro de las pullas.

Era casi seguro que ella habría viajado para identificar un cuerpo que jamás iban a encontrar.

Claro que identificarlo, lo que se llama identificarlo, nunca pudo, pensé y me reí encogiendo un poco los hombros, sin emitir sonido, igual que sigo haciendo cuando se me ocurren o recuerdo cosas que me divierten. Sucesos o escenas que se dieron hace muchos años me hacen reír sin ruido, y muy de vez en cuando alguno me arranca carcajadas grandes y abiertas.

En el patio interior, al final de uno de los corredores, tenía dos frondosas matas de marihuana. Coseché esas, sembré otras dos. Fumaba en una pequeña pipa a lo largo del día cantidades moderadas, pues la yerba tiende a descentrar el espíritu y yo tenía que ser muy preciso en todo lo que hacía si quería que el asunto siguiera funcionando. Aquí había algo de nostalgia por mis días de joven hippie y fumaba por las mismas razones: con la marihuana el mundo se volvía más sinuoso, menos rígido y carcelario, se respiraba mejor, se podía jugar.

Cultivaba ahora verduras exóticas para los supermercados y restaurantes gourmet, ocras, acelgas, coles chinas... Mi vida había alcanzado cierta perfección. Disfrutaba de lo que hacía, de lo que planificaba. Perdí el impulso fuerte que durante una época había sentido de quitarme barba y ruana, ponerme mi saco de paño y mi corbata y volver a la vida anterior. Desde el principio supe que la nostalgia llegaría y que iba a tener que resistir. Resistí entonces hasta estar seguro de que mi disfraz se había convertido en lo que yo había querido. Desaparecieron las ganas de volver y más bien empecé a pasar una o dos veces por semana frente a la casa, seguro ya de que no podrían reconocerme. Habían dejado llenar de pulgón las rosas del antejardín —nada raro, conociéndolas— y habían cambiado las cortinas por unas de diseño moderno, seguramente bajo presión de las niñas, porque ella, de moderna, poco.

Me pasé después de algunos años a una casa más pequeña en área construida, pero más grande de solar o patio y dos cuadras más lejos de la de ellas. Ahora estaba a doce cuadras. Esta vez arreglé el antejardín y puse aviso: *El Huerto de Aquel.* Sacaba mesas al antejardín hasta la acera y ponía mis verduras exóticas en pilas muy bien presentadas, todo un arte. Las dos matas de *Cannabis* venían secas y desmenuzadas en un tarro de galletas La Rosa, listas para el consumo, y lo primero al llegar fue plantar otras dos. A veces gente del barrio compraba verduras, pero las ventas grandes las hacía a restaurantes o tiendas de productos naturistas, donde nunca me tomaron por campesino, sino por una especie de anciano hippie. También en el vecindario empezaron a considerarme de esa forma, y aún más al ver a las señoras desenvueltas, dueñas de tiendas naturistas, que venían a comprar acompañadas de empleadas que caminaban detrás de ellas y les cargaban el canasto. Hacía ya meses me había puesto en la muñeca un brazalete con los colores de la bandera, no tanto por patriotismo sino porque me gustaba lo intenso de los tonos. Pensé en hacerme un tatuaje en el pecho, un gavilán o un martín pescador, pero al fin desistí de la idea, por lo apergaminada que iba teniendo ya la piel. Como por azar, sin ruido y con cierta alegría empecé a darme cuenta de lo mucho que otra vez había cambiado.

Una tarde llegaron mis dos hijas y no me reconocieron. Tampoco me habrían reconocido, tal vez, en mi época de hortelano corriente. Les hice señas de que estaba afónico. ¡Qué bonitas estaban! Raro que no se hubieran casado todavía. No que yo supiera. Claro que ahora la gente ya no se casa tanto ni tan rápido como antes. Se toman su tiempo. Buena cosa. Y mejor si se demoran en tener hijos o no tienen. Que se mantengan libres tanto como puedan. Las niñas se llevaban un año y parecían mellizas. Sol era un poco más alta que Emilia. ¡Qué impulso tan grande el de abrazarlas!

Compraron varias raíces de yacón, tubérculo que parece como si lo hubieran moldeado a mano con arcilla, dejándole marcados los dedos, y es jugoso, refrescante y crujiente por dentro. El corazón me pulsaba en la garganta. Llevaron cebollines y algunos pepinos de agua. Ya de salida, cuando pasaron frente a las ocras, preguntaron que de qué se trataba y que cómo se comían, y volví a señalarme la garganta. ¡Cómo me habría gustado hablarles del *Abelmoschus esculentus* y de aquello de fanerógama tropical de fruto comestible y de origen africano, que se usa mucho en la cocina asiática en general, donde es muy apreciada por su capacidad para espesar sopas y caldos! Algo así les hubiera explicado con inmenso amor y satisfacción, pero mi voz, que es bastante cavernosa, incluso fingida me habría delatado.

Fue tal el cansancio que sentí al día siguiente al despertar que resolví no levantarme. El mundo no se iba a acabar porque me quedara en la cama uno o dos días. Y cuando regresé a mis eras lo hice como si estuviera convaleciente: alegre de estar de vuelta, pero todavía cansado. Las coles chinas, de belleza extraterrestre, brillaban como filas de un mismo adorno de cerámica. Hundí el palín y recibí de lleno el fuerte olor de la tierra, que me libraba siempre de la nostalgia.

Pasaron algunos años sin acontecimientos notables, aparte del matrimonio de Emilia, al que por pura suerte pude asistir, así fuera como espectador, pues hicieron la fiesta justo en uno de los dos días del mes en que yo pasaba frente a la casa. Y lo presencié desde el parque. Nunca pensé que mi mujer, siempre sensata, pudiera decidir tirar la casa por la ventana en la fiesta de matrimonio de una hija, pero, por lo que alcancé a ver, eso mismo había hecho. Se movían por todos lados tantos meseros como invitados, que no eran pocos. Y la familia del novio, un muchacho alto, de gafas y cabeza pequeñas, al parecer era legión. Conté por lo menos diez señoras vestidas como la reina de Inglaterra, seguramente tías del novio. Había muchos niños muy bien comportados que parecían versiones en miniatura de los adultos. Seguramente sobrinos del novio. Algunos llevaban corbatín. Ojalá el novio sea cabecichiquito, sí, pero buen tipo, pensé. Había multitud de damas de honor de todas las edades, hermanas, sobrinas o amigas del novio, seguramente, pues sólo reconocí a dos de las nietas de Joaquín, mi único hermano. Entraron los compañeros de Emilia de la filarmónica con sus instrumentos. Entró un matrimonio de ancianos del viejo Teusaquillo, muy elegantes, que yo no conocía. Entraron tres músicos mayores, también con sus instrumentos: una mujer de pelo muy abundante, brillante y crespo y dos hombres canosos, con ropa artística que parecía del Pacífico.

Días después fui al centro a verme con un amigo exhippie como yo, Néstor, dueño de una librería de usados, quien me pasaba cada mes los rendimientos de tres certificados a término que, sin dudas ni recelos, abrí a su nombre. Néstor me podría robar, pensé el día que hicimos el trámite en el banco, por más amigos que fuéramos me podría robar, cierto, pero hay gente que no roba. A Néstor ni siquiera se le hubiera ocurrido que aquello pudiera ser posible. De jóvenes habíamos vivido juntos experiencias espirituales grandes en la Sierra Nevada y por La Miel, a veces con alucinógenos, a veces sin ellos. A pesar de eso, y siendo la de nosotros una amistad muy firme, era de las frías, de las demasiado respetuosas y corteses. Sobre el proyecto todo, por ejemplo, Néstor no comentó nada y yo preferí no preguntarle su opinión, para no meterlo tal vez en algún aprieto.

A mi manera un poco embrollada le conté del matrimonio de mi hija, y Néstor pareció desconcertado.

—¿Y al fin cuál es la que se casa? —preguntó mientras me entregaba en un sobre lo del mes.

—Gracias, míster Néstor... Se casó hace como diez días.

—Enhorabuena, chino. ¿Cuál de las dos?

La mente se me quedó en blanco un segundo y fui incapaz de decirle a Néstor cuál de las dos se había casado. Me miró con curiosidad y cierta preocupación.

—Emilia —dije al fin.

Había sido ella, por supuesto. No entiendo cómo me había elevado de esa forma. A todos se nos pone la mente en blanco de vez en cuando, con los nombres de la gente, por ejemplo, de películas, incluso de ciudades o barrios, pero así y todo había que reconocer que mi memoria tendía a ponerse cada vez más pantanosa. Mi mujer me ayudaría a entregar la casa, pensé. Yo conocía bien los problemas que aparecían en el momento de hacer el trámite. Los dueños inventaban daños, para cobrárselos al inquilino o como disculpa para quedarse con la plata del depósito, si se había dejado uno. O inventaban la historia de que el inquilino se había comprometido a dejar la casa pintada. En circunstancias normales me habría ocupado sin problemas del asunto y me habría sabido defender, pero ahora lo sentía cuesta arriba.

Pasaron otros meses. Dejaba correr el tiempo como sin darme cuenta, le daba largas, tal vez para disfrutar un poco más de esa vida que tanto me había gustado y estaba tocando a su fin. Aún disfrutaba del mundo vegetal y de su manera de expandirse y por un instante alcanzar la máxima belleza, pero hacía ya tiempo que había dejado de llenar la fumigadora con los doce litros de capacidad. Cuando le bajé a ocho la sentí otra vez cómoda, incluso agradable en mis espaldas. Después de unos meses le bajé a seis.

Sol se hizo novia de un muchacho que siempre usaba corbata. Entre semana se vestía como empleado de banco o como mormón o testigo de Jehová. Sábados, domingos y fiestas de guardar se ponía ropa deportiva de apariencia costosa. Parecía entonces un joven rico y amante del aire libre, como los que vemos en las películas inglesas. Yo forzaba los ojos desde el parque, por si algún detalle me daba la clave, y por más que me quebraba la cabeza seguía sin tener la menor idea de la profesión o actividad a la que se dedicaba.

Ahora yo estaba trabajando menos y mirando más hacia la casa desde el parque. Emilia había quedado embarazada y todos los sábados venía con el cabecichiquito a almorzar, y cada semana el vientre aumentaba un poco. Pensar en echarme la fumigadora en las espaldas empezó a producirme cierto desaliento, o pereza, que se fue agrandando con los días. Mantener el brillo y belleza de las coles chinas se volvió tarea, trabajo. Como tampoco era capaz de abandonar la tierra de un día para otro, sembré caléndula y vi inundarse de amarillo rojizo hasta el último rincón del patio. Se vendió bien. A un mes escaso del nacimiento de mi primer nieto, me desperté un día y saqué la crema y la maquinilla de afeitar del morral, que estaba en el clóset, y salí del baño con la cara un poco lívida y sin arete. Me pareció que con la afeitada los ojos me habían quedado opacos. Una vecina que estaba arreglando el rosal de su antejardín pareció reconocerme tras un instante de duda, cuando levanté la mano desde la ventanilla del taxi que me llevaba de regreso.

Sólo en ciertos momentos la casa huele a fríjoles o ajiaco, los mejores que yo he probado jamás. El resto del día huele a Clorox. Cuando entré, a las nueve de la mañana de un domingo, olía a Clorox. Puse como siempre el morral sobre la mesa del comedor y miré hacia el rellano de la escalera del segundo piso.

—Llegaste, Hugo —dijo ella desde arriba. Estaba muy bien arreglada, igual que siempre. Los años la habían tratado mejor que a mí, y, para mal y para bien, seguía pareciéndome muy bella—. Hay un tamal en el microondas. Arroz en la arrocera. Está prendida. El chocolate no es sino calentarlo y batirlo. Supe que andas medio mal de salud. No te preocupes. Yo te ayudo a entregar la casa. Más tardecito bajo y hablamos.

# Cenizas

Enfermo ya de muerte, el mayor de cinco hermanos ordenó a los otros cuatro que, llegado el momento, esparcieran sus cenizas en el agua, al frente de su finca de recreo. Pocos meses después se murió y sus hermanos así lo hicieron.

Pero no las esparcieron todas.

—Mejor yo me llevo un poquito para mi casa y las entierro al pie del mango —dijo uno—. Aquel se sentaba debajo del palo y ¡coma mangos!

Todos pusieron su poquito en los sobres que el dueño del mango les había traído. Eran tres hombres y la menor, que se llamaba Laura. Sus padres habían muerto en un accidente hacía muchos años, cuando el mayor tenía diecinueve. Desde la tragedia, él había sido la indiscutida autoridad en la familia.

El bonito camino de ladrillos grises que bajaba en zigzag a la orilla era muy empinado y el día de la ceremonia de las cenizas todos se agarraron del pasamanos de madera, por miedo de resbalarse. A lo largo del zigzag alumbraban azucenas amarillas y lirios anaranjados, muy intensos. El agua de la represa había bajado de nivel y la playa estaba fangosa. La menor, con vestido de luto y botas pantaneras azules, tomó el jarrón con lo que quedaba de las cenizas, dio tres temerosos pasos en el lodo hasta quedar a distancia suficiente del agua y le quitó la tapa. Lo inclinó entonces y un golpe de viento hizo que le cayera ceniza en la ropa y en el pelo.

No era cosa de risa y no se rieron. Regresaron a sus casas. Laura puso su poquito de cenizas en el rosal, otro de los hermanos las puso al pie de la estatuilla de la Virgen del Carmen de la sala en una pequeña urna de barro cocido, el otro, en una cajita de metal en el antejardín, para que le protegieran la casa, y el hermano que ahora era el mayor las enterró al pie del mango, tal como había anunciado, también en una cajita metálica. Durante algún tiempo no pasó nada especial. Se casó Laura y se casó el último de los hombres. Ninguno de los dos matrimonios quería tener hijos. Estaban de acuerdo en que era mejor pasarla bien y, por ejemplo, viajar, ahora que estaban jóvenes y podían disfrutarlo.

El hermano que había quedado de mayor un día se sintió enfermo. Eso fue tal vez cinco años después de la muerte del verdadero mayor. Tuvieron que llevarlo a la clínica, donde entró en coma, un coma al parecer con sueños o pesadillas, pues a veces se agitaba un poco y hablaba. Los médicos no sabían lo que estaba pasando. No había sufrido derrames, infartos ni nada parecido. Estaba sano.

—El agua dura mucho, lo mismo que la flor —dijo una tarde.

—Se nos volvió poeta —dijo un hermano en voz baja. Los otros sonrieron y le fruncieron el ceño.

Pasaron los días, las noches y los meses y no salía de ese sueño profundo ni siquiera para decir alguna cosa —«aunque sea una babosada», dijo ese mismo hermano, que recibió otra vez sonrisas y fruncimientos de ceño—, como si hubiera decidido guardar silencio para siempre. Los médicos consideraron que había entrado al estado vegetativo y recomendaron llevarlo a una institución o contratar a una enfermera o auxiliar de enfermería para que lo cuidara en su casa, y eso último hicieron.

El durmiente volvió a hablar algunas semanas después, cuando una hábil y fuerte mujer de mediana edad, la auxiliar de enfermería, de una manera no brusca, pero sí bastante firme, lo levantó en vilo y muy rápido de la camilla y con la misma rapidez lo organizó a la perfección en la cama. Por la ventana se veía el mango, como atento a lo que estaba pasando.

—¿De estaño ha de ser? —preguntó entonces el durmiente.

—¡Oigan la hermosa voz que tiene! Parece un cura —dijo la auxiliar, y los hermanos la miraron como si tuvieran dudas, no sobre su habilidad y su fuerza, que eran evidentes, sino sobre su salud mental. Ya se acostumbrarían a las inofensivas excentricidades de la mujer. Un mes después de estar cuidándolo les dijo:

—Este señor no se despierta sino hasta que alguien se vaya. Pónganme cuidado.

Sus disparates eran tantos que habían dejado de prestarles atención. La auxiliar podía decir cualquier cosa y ellos no la escuchaban y ni siquiera la oían. Que los guerrilleros sacrificaban niños al diablo, decía; que en el siglo XXX el mar se iba a tragar a todo el mundo; que el papa era un violador y que la Virgen María había sido más sinvergüenza todavía que María Magdalena. Y le prestaba atención, ella sí, a todo lo que el durmiente decía y además a lo que quería decir y por alguna razón no podía y ella les comunicaba. Un día les dijo que el señor dormido les quería transmitir algo.

—¿Transmitir? —dijo un hermano—. Se ha vuelto fino.

—«El tiempo no es eterno». Eso les manda decir, y ya ustedes sabrán, porque yo, ni puta idea —dijo la mujer, que de cierto tiempo para acá había empezado a usar palabras de grueso calibre, como si no se diera cuenta. Sólo la menor, Laura, se molestaba; los otros se divertían.

Pasó casi un año.

Un día almorzaban en la casa del durmiente, cuando la menor recibió una llamada de la que era su vecina y mejor amiga. Se había quemado el jardín.

—¿Cómo quemado, querida? ¿Un incendio?

—Como quemado por una helada.

La menor dijo que cuando había salido por la mañana el jardín estaba bien.

—Una rosa es una rosa —dijo entonces el durmiente. Hacía mucho tiempo que no hablaba. Todos miraron al hermano que hacía los comentarios sobre lo que el durmiente decía, listos para sonreír y fruncir el ceño, pero esta vez nada dijo.

El hermano que ahora era el mayor, es decir el tercero, empezó a tener sospechas y corazonadas cada vez más definidas y que se definieron casi del todo cuando se le entraron los ladrones, los amarraron a él y a su mujer y les vaciaron la casa que las cenizas deberían haber protegido. Decidió entonces hablar con los otros, pero como no tenía nada demasiado concreto o cuerdo para decir empezó a darle largas al asunto hasta olvidarlo. Un día el hermano dueño de la Virgen le dijo:

—Esto está raro.

Contó que la Virgen del Carmen aparecía por la mañana medio volteada contra la pared.

—No te olvidés que sos sonámbulo —dijo el hermano al que le vaciaron la casa.

—¿Vos creés que yo mismo la volteo? Puede ser. El otro día me desperté a punto de hacer pipí en la alfombra.

Muchos acontecimientos sorprendentes, aunque sin importancia, comenzaron a ocurrir en la familia. El hermano sonámbulo se ganó la lotería y el billete resultó falso. Hubo un interrogatorio policial, no muy largo, y allí terminó la cosa. Entonces la vecina y mejor amiga de la menor soñó que el durmiente quería decirle algo, pero todavía no había podido. Y como si todo eso fuera poco, la auxiliar se enfermó de unas llagas en los labios que se curaría con antibióticos y le sirvieron de excusa para no trabajar durante dos días. La hermana le dijo que eso le había pasado por boquisucia y la mujer se rio con ganas, manos en la cintura y todo, e incluso hizo el amago de palmearle afectuosamente la espalda.

Regresó con las llagas ya cicatrizando y razones del durmiente.

—Dijo el señor que el otro señor había dicho que barro cocido es como caca cocida y que ese mango hay que cortarlo.

Con eso confirmaron los hermanos que se trataba del difunto mayor, por su afición a aquella palabra en particular. Todo el mundo les tiene afición a ciertas palabras, por la forma, por el sonido. El mayor acostumbraba a decir que la experiencia era como la caca: nadie la cogía. O decía, mirándose la suela de un zapato, que se había untado de caca, vida triste la mía. Lo que es rico para unos es caca para otros, decía, pensando tal vez en los escarabajos coprófagos.

Vaciar urnas de estaño y de barro y escarbar al pie de un mango no tenía misterio. Lo complicado fue el rosal de la menor. Al principio pensaron que con llevar una muestra generosa de tierra y cenizas Aquel iba a transarse, pero Aquel no se transó. La auxiliar les dijo que el hermano dormido había mandado decir que el hermano difunto había mandado decir que no lo creyeran tan güevón. Que allá habían dejado por lo menos la mitad y más les valía volver, pero con un camión de los que cargan material. ¿Oyeron?

—¿Todo eso dijo? ¿También dijo «oyeron»?

Una retroexcavadora dejó un cráter casi del tamaño del jardín. Horas después la volqueta elevó el contenedor, vertió con ruido todo aquello en el agua verde del embalse, y volvió a bajarlo. La tierra con rosas aplastadas y algunas cenizas formó una mancha negra y grande en el agua frente a la finca del difunto hermano mayor. Subieron entonces todos despacio en zigzag para la casa mientras la volqueta ascendía en línea recta, aún más despacio que ellos y con mucho ruido por la empinadísima entrada pavimentada.

No habían terminado de sentarse en la sala cuando recibieron la llamada de la conmocionada auxiliar. «¡Qué cosa más hijueputa, don... don...! ¡Qué cosa!», le dijo al hermano que recibió la llamada. La mujer no había logrado retener el nombre de este hermano —y menos aún con semejante sacudida— y parecía como si para ella se fuera a quedar siempre como «don... don...», cosa que a él lo tenía sin cuidado.

El hermano colgó entonces y les comunicó, sin las palabrotas ni las larguísimas divagaciones emotivas, lo que había contado la auxiliar, como en una cápsula:

—Todo bien.

Ellos no se extrañaron de que semejante llamada tan larga quedara en dos míseras palabras, y nada dijeron, más bien lo agradecieron, pues la conocían y sabían que en este caso era mejor llegar directo al grano, cosa que con ella resultaba siempre difícil, a veces imposible.

Era para eso que la menor había encendido temprano en la mañana una veladora en su casa y encargado al marido que la vigilara, no fuera a producirse algún incendio. (Su marido no estaba con ella porque había decidido no asistir nunca más a nada, ni entierros, ni bautizos, ni matrimonios, ni visitas a enfermos, ni aspersión de cenizas. Pensaba incluso no asistir a su propia incineración, decía). En la casa de recreo del difunto mayor los hermanos se pusieron entonces de pie mientras buscaban las llaves de los carros en los bolsillos y en la cartera. La menor, Laura, llamó al marido y le dijo que todo había terminado bien.

—Ya mismo salimos para donde aquel. ¿Cómo me decís, corazón? ¿*Aquello*? ¿La vela, querés decir? Sí, ya podés apagarla. ¿Aló?

# Silencio

*Silencio en la noche, ya todo está en calma.*
*El músculo duerme, la ambición descansa.*
*Meciendo una cuna una madre canta*
*un canto querido que llega hasta el alma*
*porque en esa cuna está su esperanza.*

Alfredo Le Pera
y Horacio Pettorossi

Algunos años después de enviudar, a una señora con nueve hijos, todos hombres, dos se le volvieron ciclistas profesionales. Eran excelentes y además gemelos, de modo que se hicieron famosos muy rápido. Lo primero que hacían sus hermanos al abrir el periódico era ver si había algo sobre estas jóvenes promesas gemelas de la pista y la ruta. Si había algo, se lo leían a la mamá.

Además de los gemelos ciclistas había dos constructores, que trabajaban en sociedad, mellizos, pero no gemelos, aunque se parecían tanto que bien hubieran podido pasar por gemelos; un bacteriólogo; un dueño de una ferretería; dos profesores de secundaria, muy parecidos entre ellos pero no gemelos ni mellizos, y muy parecidos a los constructores, y un consejero municipal. Menos los gemelos, que eran ya profesionales, y el consejero, todos los demás practicaban ciclismo aficionado, pero se vestían como los profesionales. Casi nadie que no fuera de la familia o muy cercano a ella lograba tener claro aquello de las identidades y los parecidos, y menos todavía cuando estaban con ropa de ciclismo. El único que se distinguía bien era el consejero, que siempre estaba de corbata.

Cada semana los hermanos entrenaban juntos y, por un rato, mientras se preparaban para salir, la casa se llenaba de ciclistas idénticos o prácticamente idénticos, de uniformes muy vistosos, que tomaban café negro y hacían sonar el impecable piso de baldosas con las rígidas suelas de sus zapatos de ciclismo.

Por no dejar a la mamá, ninguno se había casado.

Eran los hijos, no la mamá, los que trapeaban constantemente la casa y mantenían como espejos las baldosas. Ella, de setenta años, delgada, todavía grácil, estaba enferma de la mente. Tenía ideas delirantes nihilistas de no existencia, ideas de ausencia de órganos e ideas de ruina. Decía que había muerto, que no existía en este mundo y necesitaba que su médico le extendiera un certificado de defunción. Decía que ese embalse y esas montañas que tenían ahí al frente eran espejismos. «Bonitos sí son, mírenles esos brillos y colores. La hermosura de agua, de la Piedra, de los sietecueros... Pero no existen». Decía que ella no poseía estómago y por lo tanto no tenía sentido comer si no podía tragar, y agregaba que no sentía palpitar su corazón porque no lo tenía. Y sufría alucinaciones visuales: «Veo bebés colgando como uvas y el cielo completamente rojo».

Los gemelos triunfaron en varias competencias nacionales y luego en Europa. No ganaron allá giros ni vueltas, pero a pesar de su juventud integraron los mejores equipos del continente. Se esperaba eso sí que en algún momento empezaran a ganarlos. Los hinchas soñaban con un campeonato-subcampeonato en el que nadie iba a poder estar seguro durante algún tiempo de cuál era cuál, cosa que nunca sucedió. Ahora viajaban constantemente y era muy poco lo que podían estar con la mamá y los hermanos. Llamaban a la casa todos los días, estuvieran en Roma o en algún pueblo del Tirol, y mandaban postales. «Bonito es, hay que reconocer, pero yo no viviría aquí ni loco», escribió uno de ellos desde un muy bello pueblito de los Alpes, en Baviera. Algo de muy triste tenían esas hermosas montañas, que le parecieron oscuras, aunque hubiera sol.

En un viaje de descanso al país, uno de los gemelos se enamoró de una mujer no mucho mayor que él, aunque mucho más práctica. Aquello habría sido grave si ella no hubiera estado enamorada, pues lo habría hecho sufrir, pero como lo quería tanto como él a ella, su falta de ingenuidad y de sentimentalismos les convenía a los dos, que estaban de acuerdo en que el matrimonio debería emprenderse con los pies bien plantados en la tierra. Él tenía cierta inocencia para lo que no fuera el ciclismo. La plata, por ejemplo, se le desaparecía de las manos por su generosidad extrema, que lindaba con la indiferencia. Y ganaba bastante. Si le pedían prestado prestaba y nunca cobraba. Si le pedían regalado, regalaba. Ella le habría puesto freno a todo aquello.

Exactamente igual ocurría con el otro gemelo.

También él se enamoró de la novia. En vano quiso esconderlo en lo más profundo del espíritu. Y se disculpaba a sí mismo pensando que aquello había sido inescapable, por lo idénticos que eran en el físico y también en el modo de ser. Sus esfuerzos para que no se le notara eran inútiles y además contraproducentes, y la situación se puso muy incómoda. En la familia lo sabían todo, pero nadie podía decir ni hacer nada. Entonces el novio decidió hablar con su hermano para ver qué remedio encontraban. Nadie supo lo que se dijeron. Se abrazaron fuerte después de la conversación y a partir de allí la actitud del gemelo que no era novio algo cambió, tampoco demasiado. Ahora se movía con más soltura cuando ella estaba presente, pero seguía sufriendo de bajones de ánimo y pesadillas ocasionales.

Una tarde venían juntos, delgados, muy fuertes, acompasados, rítmicos, en una subida brutal durante un entrenamiento, cuando a un campero viejo que subía adelante se le desprendió la rueda de repuesto, que rebotó y brincó como criatura maligna y golpeó y mató instantáneamente a uno de los gemelos. Se produjo, por supuesto, una gran confusión en la carretera. Aquel día el carro acompañante les había quedado mal en el último momento y habían decidido entrenar de todas formas. Como las bicicletas eran iguales, y también los uniformes, el superviviente tuvo que explicar en medio del llanto cuál era él y cuál había sido el muerto. La tragedia fue noticia mundial, tanto habían avanzado los gemelos en su arte, y los periodistas entrevistaron a los otros hermanos, incluido el consejero municipal, que para la ocasión se puso corbata negra y dijo que la negligencia del individuo y la falta de responsabilidad del funcionario eran los peores males entre los muchos que pudrían las raíces de la sociedad. Así como los gemelos, corriendo solos o juntos, habían estado dotados de la agresiva elegancia de los que saben, el hermano consejero tenía su elocuencia, ahora atizada por el dolor.

Arte había sido lo de ellos en la pista. El ritmo, la agilidad, la tremenda velocidad y la perfección de su acople eran un espectáculo. Y en ruta se movían con la armonía y audacia de los campeones. Desde los transmóviles los locutores narraban para el mundo, como cantando, el vértigo de sus descensos casi suicidas por carreteras solas y muy resbaladizas en los heroicos, nublados, mediodías que eran bañados sin misericordia por las lluvias frías.

Había sido difícil darle la noticia a la mamá, y más en aquellas circunstancias, pues ella misma no existía y tampoco el hijo muerto había existido.

Dio gritos de dolor, se arañó la cara y, a pesar de ser inexistentes, sintió que se le desgarraban alma y vientre. También la novia lloró día y noche durante varias semanas y fue necesario administrarle calmantes. Estaba deshecha. Por fortuna tuvo siempre a su lado al gemelo superviviente, ayudándole, aligerando lo que parecía ser una horrible carga, hasta que pasó suficiente tiempo y se fue tranquilizando, empezó a dormir, a alimentarse mejor y sobre todo a olvidar.

# Todo era demasiado cierto

Amó ese lugar. Perfecto para descansar y desconectarse. Andrés fue muy buen anfitrión. Desde que ella hizo la reserva se mantuvo atento a todo. Llegaron y los recibió con flores en las mesas, lindo detalle que como huésped ella supo apreciar. El sitio estaba muy aseado, la cocina tenía lo necesario, baños con sus papeles higiénicos, su buen champú. Hasta había algunos juegos de mesa. Tenía una vista increíble de la Piedra, tal como se ve en las fotos. Las indicaciones de Andrés para llegar al sitio, el ingreso a la cabaña y demás, fueron demasiado claras. Es un lugar del que no quisieras salir. A la decoración, bonita, acogedora, ella no le pondría ni le quitaría nada. Lástima haber ido con aquellos. ¿Y por qué dice «lástima»? Porque uno debe escoger muy bien a las personas que van a acompañarlo a esos lugares de alegría y magia, y ella se fue con Leonardo, su suegra y sus dos cuñados con sus mujeres. ¡Qué par de víboras!

Al principio todo bien. Llegaron. El lugar, mejor imposible, y todo el mundo estaba demasiado admirado para siquiera pensar en enredar.

Se repartieron en la casa. Las Navidades siempre traen complicaciones, que si árbol, que si pesebre, y al fin no hicieron ni lo uno ni lo otro. Ramos de pinos con campanitas rojas en la entrada de la cabaña y eso fue todo. Sus dos concuñadas se la pasaron hablando entre ellas. En la cocina no hicieron siquiera el amago de ayudar ni en el resto de la casa. Andrés siempre se mantuvo pendiente de sus necesidades y no era sino llamarlo y ya estaba ahí, al pie de la puerta, y ella sin terminar de vestirse, todavía con los senos al aire. Y los suyos son una belleza, les ha tomado unas selfis grandiosas que sube a los espacios de internet. Por eso venía él con semejante eficiencia. A ver si podía besárselos. Le importaba un comino que ella tuviera esposo, qué tal.

Esa noche cocinaron la mamá de Leonardo y ella. Él estaba enamorado en serio, Leonardo, y eso explica su comportamiento tan, digamos, brutal. Y también esa vanidad tan... de los hombres. Se habían casado muy poco después de comenzado el noviazgo, demasiado poco, pensaba ella, y el matrimonio no llevaba mucho. Le caía bien su suegra y cocinaba rico, pero allí a la pobre señora le tocaba hacer lo que ella le decía. Las dos cotorras sólo paraban de hablar cuando llegaban muchachos bonitos en las lanchas al muelle del condominio. Se miraban. Sus maridos se olvidaron de ellas y se pusieron a escuchar tangos. Los tres hermanitos, mejor dicho, porque a la hora de tangos y aguardiente Leonardo era el primero.

La distribución de las habitaciones, amplias, se prestaba a la privacidad. En una de las venidas del anfitrión, atrás, en un patio empedrado que daba a un barranco amarillo, donde estaban tratando de que prendiera una especie de enredadera y había bancas, Andrés por fin alcanzó a besárselos y hasta chupárselos. Habían estado hablando y burlándose el uno del otro y ella no supo ni cómo ni cuándo de repente estaba allí, qué delicia. Lo empujó y le dijo que cómo se atrevía. En eso sintieron los pasos de la suegra y ahí acabó todo. ¡Lo atrevido! Él vivía en la casa de al lado, pero no tan cerca tampoco, y con muchas matas atravesadas, por aquello de la privacidad. Los jardines, que ella consideraba una belleza, los mantenía un señor que no es gago pero sí habla como una ametralladora y a veces se atranca. Mejor dicho, sí es gago. Jajajá. Amable también, chistoso. La miraba con ganitas, como siempre pasa con ella.

Uno se antoja de seguir celebrando cada fin de año en un lugar tan bonito como es el de Andrés. Lo deja a uno extasiado. Ella se lo recomendaría a cualquiera. La mujer de Andrés, muy amable, calladita, no se hizo sentir para nada. La cena estuvo muy bien, pernil de cerdo con clavos y la suegra hizo dulce de cocas de guayaba. ¿Quién iba a pensar que las cosas se iban a poner tan mal después de haber disfrutado de aquellos manjares tan exquisitos en ese entorno como de sueño?

Debería existir un reglamento en las cabañas que alquilan de por días que prohíba el consumo de licor durante las fiestas en tan bonitos lugares. O que por lo menos lo disminuya. No hay derecho, pensaba. Y si los hombres son bien alegres, como estos tres hermanitos, peor. A las tres de la mañana todo el mundo estaba borracho, menos la mamá de Leonardo y ella, y nadie sabía dónde estaba nadie. Ella bobita no ha sido. Ellos quieren que uno sea un santo y ellos sí hacen lo que les da la gana. Ella se ha sabido crear sus espacios sin que él se entere ni de lejos, pero en este caso el que causó semejante tragedia fue el imprudente de Andrés. Cómo se le ocurre. ¡Cómo se les pudo ocurrir, Dios santo!

A las dos mujeres se les escaparon sus maridos borrachos y ellas también se fueron de sinvergüenzas por su lado. El de ella se había quedado dormido con su corpachón en una silla de la sala y la cumbamba en el pecho. Nadie hubiera podido pensar que fuera capaz de levantarse de ahí. Parecía muerto. Entonces sale esa belleza de luna y se pone arriba de la Piedra y después llegan esos borroncitos de nubes. Alumbraban los cocuyos de los flashes por todas partes y también los flashes de los cocuyos. Y no es por disculparse. No es por decir que hizo lo que hizo donde no debía por culpa de la luna con las nubecitas atravesadas encima de la Piedra. Claro que esas cosas sí influyen. Lo cerca que está de la Piedra es de los detalles más llamativos de la casa, piensa ella. Casi como si uno la pudiera tocar.

Quién sabe si Leonardo va a querer que sigan juntos cuando salga. Ojalá no, así todo se solucionaría mejor. Ella, ni riesgos. Ya le consiguió abogado, a ver si lo saca, y tiene que conseguir otro para la separación. Lo mejor sería que fuera el mismo, y así pide rebaja, jajajá. Qué bruta soy, piensa. Loca. Ella misma no sabe qué pasa con ella. ¡Las cosas que ha hecho en la vida!

Y todo por allí cerca a la Piedra está lleno de finquitas que los dueños alquilan. Y ella se alza como si fuera... enorme como una nube gris oscura sobre todas estas finquitas, así de cerquita a la Piedra queda esa maravilla donde se quedaron. Un privilegio. Todo lo bueno que decían en las reseñas era demasiado cierto.

# Vista del abismo hacia arriba

María José pasó por encima de la iglesia, se alejó del parque principal y flotó con los brazos abiertos sobre el sitio donde, cuatro cuadras hacia la estación de bomberos, había funcionado cincuenta años atrás el Liceo Femenino Manuela Uribe. Recorría el lugar desde arriba, en oscurísimas aguas intermedias, como tratando de decidir sobre el mejor lugar para posarse y reposar por fin, después de ir y venir durante mucho tiempo de arriba abajo y de un lado al otro. Todos en las lanchas buscándola allá lejos, incluso de noche, con sus linternas, y ella suspendida tranquilamente sobre el liceo. Lo que son las corrientes. Lo que es el paso del tiempo. Ya no estaba allá, claro que no, muy ingenuos, ¿qué esperaban? ¿Quién ha podido nunca quedarse quieto en algún lado?

María José dejó de flotar sobre el colegio, cruzó por encima de las ruinas sepultadas en lodo de la casa de Andrés Salazar e Inés de Salazar, quienes sesenta años atrás la habían dividido en dos para no tener que separarse, ascendió hasta alcanzar los límites de la luz y se fue acercando lentamente a las ruinas del matadero y a la orilla del embalse.

Sus uñas, siempre muy cuidadas, ahora rodeadas de burbujas, habían tomado un delicado color blanco, como de conchas marinas.

En la orilla cercana al sumergido matadero alumbraban entre el verdor, parecidos a galaxias, los pétalos de los añosos, leñosos, sietecueros, que en silencio se inclinaban sobre el agua. Arriba brillaban invisibles las luces verdaderas de galaxias ya inexistentes; abajo corría la brisa que tumbaba las flores, mientras ella se desplazaba en la dirección que llevaba aquella misma brisa, como hacen las flores, como hace tantas veces lo que flota en el agua.

El antiguo matadero —bastante abajo ahora, pues María José había subido plácidamente a la superficie, dándole la espalda al sol— también se había convertido en lodo. El sitio por donde ahora pasaba era uno de los más frecuentados en la luminosa superficie por los planchones y las lanchas de los turistas, cortas, hidrodinámicas, estrepitosas, que venían a toda marcha de la nada y a toda marcha se perdían otra vez en ella. Una casualidad que nadie la hubiera visto. María José se quedó, pues, un rato arriba, siempre dándole la espalda al sol, entonces descendió de nuevo, muy despacio, aún sobre el matadero, y se mantuvo por un tiempo suspendida otra vez en aguas intermedias.

Aquel, abajo, había sido un lugar de sufrimiento. Allí se habían intercambiado billetes y aniquilado a cuchillo a las criaturas que llegaban, ignorantes los de los billetes, los de los cuchillos, de que con cada aterrorizado animal que padecía y moría se estaba acabando con todo lo que existe. En vida, María José había logrado aceptar, sin rebelarse, las monstruosidades que forman parte de la pintura general del universo. Todas menos el hecho de que, para sobrevivir, unas criaturas tuvieran que devorar a otras. Eso era lo que nos tenía sumidos en el horror. Con eso no había podido. Un día, muchos años atrás, su papá había tomado un conejo por las patas y le había dado un garrotazo en la parte posterior de la cabeza. El conejo, criatura de por sí casi muda, empezó a chillar, y el papá, temblando, lo remató de un segundo garrotazo.

Y se lo comieron.

Cambió la dirección del viento y María José se devolvió despacio, siempre con los brazos abiertos, hacia lo que había sido el casco urbano. El pueblo en ruinas habría sido para ella irreconocible. Montículos blandos delatarían tal vez los sitios donde se habían elevado algunas casas, y eso sería todo. Otra vez pasó sobre la iglesia, única construcción que, aunque derruida y enlodada, conservaba su forma; recorrió algunas cuadras y pasó entonces sobre el edificio de la policía, en el que se había sufrido tanto como en el matadero, totalmente cobijado por el barro. Siguió hacia el sur, pasó de largo sobre el vivero de Jesús Carmona y se disponía ya a dejar otra vez el casco urbano, cuando su cuerpo dio de pronto una pequeña sacudida inerte, subieron los ramilletes largos de burbujas, perdió liviandad y comenzó su lentísimo descenso final hasta que se posó en el fondo, tres cuadras al sur de donde medio siglo atrás había quedado el cementerio, que ahora era un desierto. Antes de inundar todo, los familiares y el cura y la empresa de obras públicas se habían llevado a los muertos y ya no había nada.

Se engarzaría entonces en algún alambre de púas oxidado o en alguna rama fosilizada, quién sabe, y allí se quedaría para siempre, cada vez menos ella, cada vez más unida con el mundo, cada vez más acogida por la suavidad amniótica del lodo.

# La tierra fluida

Una casa bonita, de ladrillo a la vista y vigas de madera fina, también a la vista, había sido construida sobre un terreno muy pendiente al que se le había hecho una explanada con retroexcavadora y rellenado una parte con bolsas de arena para que cupiera un jardín delantero; bolsas de arena apiladas que fueron cubiertas con tierra y luego con el jardín. Abajo estaba la represa, a veces plana, a veces rizada, y, en esta bahía en particular, siempre profunda. Aún más abajo, mucho más abajo, se había extendido antes un valle muy fértil, cruzado por un río, donde un señor Martínez, que se suicidó, tenía una hermosísima finca de ganado de levante. La casa y los jardines a su alrededor habían quedado en el tope de la colina de una península, el resto, potreros, cañaduzales, río, lotes de pasto de corte, desapareció bajo el agua.

En la casa de ladrillo y madera fina a la vista vivía un matrimonio de profesores universitarios jubilados, que la compraron, no la construyeron. Él ya estaba algo deteriorado, ella era pura energía. Muchos fines de semana venía su hijo mayor, que vivía en un pueblo cercano, acompañado de su mujer y los dos niños. El otro hijo y una hija vivían fuera del país. A veces los visitaban también colegas o algún pariente o amigo de la familia. Aquella noche estaban sólo ellos seis. Mientras los niños hacían su ruido los grandes miraban el agua o la chimenea o el horizonte y sus montañas, ponían algo de música, jazz, clásica. El hijo preparó margaritas. De vez en cuando surgía algún tema y hablaban un poco.

Los niños tenían cinco y seis años. El de cinco era en extremo bien educado y respetuoso, mientras que su hermano mayor era un demonio. Aquella noche, tal vez por los demasiados margaritas, el papá tomó la mala decisión de tratar de meterlo en cintura de una vez por todas, y el niño prácticamente se enloqueció. Su rabieta fue monumental. Quería mucho a los abuelos —la falta de amor no era para nada su problema, aunque también en el afecto era intenso— y en general se comportaba un poco mejor cuando estaba con ellos. No ahora. Intervino la abuela y el niño la llamó vieja hijueputa. Su hermano lo miró como sin poder creer lo que estaba oyendo. El niño también pareció asombrado de lo que acababa de hacer, terminó casi en seco la rabieta y se fue para su cuarto.

A la abuela el insulto le causó gracia.

—¡Si es que todavía es media lengua! Y óiganlo. Este muchachito va a terminar en El Pedregal.

—No digás esas cosas —dijo el abuelo.

El otro niño quiso saber qué era El Pedregal.

—Una cárcel horrible, niño —dijo la abuela—. Y él no va a terminar en El Pedregal, porque él malo no es y la cárcel es para los malos, pero sí me va a tener que pedir disculpas.

La nuera fue al cuarto a hablar con el niño.

Las disculpas no se hicieron esperar, con lágrimas, abrazo y cabeza en el pecho de la abuela y demás, y así se serenó el ambiente en cuanto a los chiquitos se refería, que se acostaron sin más problemas y entraron al paraíso. Los grandes charlaron un rato en la sala, se tomaron algunos whiskies, y a eso de la medianoche se acostaron todos, menos el hijo, que se quedó un rato en la sala y sólo fue a acostarse cuando se terminó la botella y también una de tequila.

Pasaron casi dos horas y de pronto el hijo y la nuera comenzaron una pelea tremenda, en voz baja al principio, después a gritos contenidos, luego a gritos sin contener. Los niños, que dormían juntos en una habitación de arriba, estaban demasiado cansados del revuelo del día y no se despertaron. La abuela sí. Bajó las escaleras y tocó la puerta de los que estaban peleando, que de inmediato se callaron. Abrieron. Que cómo se les ocurría, les dijo. Que por lo menos por respeto a su papá y a los niños tenían que controlarse; que cuando estuvieran solos podían gritarse todas las vulgaridades que quisieran, pero que aquí tenían que comportarse. Mucho cuidado. Esas peleas de ustedes ya se les están volviendo costumbre.

Ya fuera porque habían dejado de quererse o porque se estaban queriendo demasiado, lo cierto era que de algún tiempo para acá peleaban mucho y muy fuerte. No lo hacían en público, aunque les costaba no subir la voz. Sorprendía entonces lo que eran capaces de decirse. Nunca llegaron al punto de golpearse, pero se atacaban con los insultos más sucios y mortíferos de nuestra lengua. Y a cada disgusto seguía la reconciliación, siempre sensual —también les costaba no subir la voz—, y comenzaba un nuevo ciclo.

Sí señora, bueno señora, dijo el hijo. Qué vergüenza, doña Margoth, no vuelve a pasar, dijo la nuera. Por lo menos no aquí, dijo la abuela, aquí se respeta, y ustedes no se imaginan lo que afectan estas cosas a los niños. Sí señora. Y me extraña mucho de usted, María, toda una dizque psicóloga y en esas. Y de vos también. ¿Cuándo Gilberto y yo nos gritamos o nos dijimos una mala palabra donde ustedes nos pudieran oír? Ahora a dormir y a dejar dormir, dijo la abuela y otra vez hubo paz en la casa.

Cantó el currucutú. Sonó un poco el viento en los aleros. Cantó el gallo miniatura blanco del vecino. Trabajaba día y noche. De día recorría la grama, colocando con estética la pata en cada paso, para tratar de impresionar a una criatura gris oscura que tenía el tamaño de un pájaro y la formita perfecta y la indiferencia de una gallina; de noche el gallo cantaba desde la rama de un naranjo. De pronto dejó de hacerlo y se hizo un silencio profundo que no duró mucho, traqueó la casa y se agrietaron las paredes de la sala. Traqueó más fuerte, como si estuvieran reventando tacos de pólvora, y los muchos libros de las bibliotecas se volvieron un mazacote. Las copas de cristal y las rosas de los floreros de la abuela rodaron entre el barro. El ruido fue grande. A ella se le quebró un brazo, y los demás, aparte de haber quedado enlodados y asombrados sobre una pila de escombros, de milagro salieron ilesos. Todos, menos el hijo y la nuera, que estaban en la única habitación de la planta baja de la casa. La casa entera les cayó encima y el final les llegó con mucho barro, cemento, hierros, piedras mientras dormían, reconciliados otra vez y entrelazados ya para siempre.

Cantó el gallo en el naranjo con su voz penetrante y delgada, la noche se puso azul y empezó a crecer la luz del día en las montañas.

# Los seres sensibles

Su papá y su tío crían cerdos y cultivan maíz para los cerdos. La finca ocupa una península completa, con una bajada amplia y no muy pendiente que produce mucho maíz y llega al agua, y la casa tendría una vista muy bonita a la parte más extensa de la represa si no fuera porque sus papás la encerraron con un tupido seto de eugenios, para poder sentarse tranquilos por las tardes en el corredor sin que los vean desde las lanchas de los turistas. Muy cerca hay un hotel con cabañas de lujo —ochocientos mil pesos la noche, según el papá— y una vez vinieron los inspectores porque los del hotel decían que en la finca estaban echando el estiércol de cerdo en el embalse. Llegaron, no vieron que estuvieran echando nada al embalse y se fueron. El papá es más rico que muchos de los que van al hotel. La mayoría de ellos son pura bulla, dice el papá. Varios extranjeros le han ofrecido millones de dólares por su tierra, para poner algún hotel, seguramente, pero él se mantiene orgulloso de lo bonito de la finca y lo tendrían que matar antes que vender, dice.

La niña, de doce años, ayuda a cuidar a los cerdos. No lo hace porque la obliguen, le gusta. A algunos les pone nombres, así los nombres no les vayan a durar, pues a cada uno le espera, más pronto que tarde, la cuchillada y el degüello. Se entiende bien con ellos. A los cerdos les gusta jugar y cada uno tiene su personalidad.

Una vez la niña se apegó especialmente a uno que nació con las patas blancas. El papá decía que era como si lo hubieran parado en un charco de leche. En la pelea por las tetas de la marrana inmensa las patas blancas estaban por todas partes. Pasaba de una teta a otra y encontraba siempre la forma de sacar al que estuviera mamando.

—Ponelo Pateleche —dijo el papá, y así lo puso la niña.

Era inteligente y ella se dedicó a enseñarle cosas, como si fuera un perro.

—¡La manito! —decía, y el animal levantaba una pata delantera—. ¡La otra! —decía la niña, y el cerdo posaba la que había levantado y levantaba la contraria.

—¡Ahora sentado! —y se sentaba con las dos patas delanteras en el pecho, como un terrier.

—No sé, Germán, ella se está apegando mucho —decía la mamá—. Por ahora no pasa nada porque está chiquito... Además ese animalito que entiende todo como un cristiano me da no sé qué.

La marrana mamá era mezcla de yorkshire y poland, y tal vez por eso era tan grande. El reproductor era yorkshire puro y parecía un hipopótamo. La marrana tenía de doce a quince marranitos en cada parto y casi siempre los criaba a todos. Era la mejor del plantel, decía el papá. A los cuatro meses, al cerdito, que se había convertido en el favorito de todos los tiempos de la niña, ya no le cuadraba el diminutivo. Seguía levantando la mano o dando vueltas en redondo cuando ella se lo pedía, pero pesaba unos ochenta kilos y era casi seguro que alcanzaría los trescientos cincuenta o tal vez más.

La mamá se preocupaba. El animal adoraba a la niña, que le había enseñado a distinguir los colores. ¿Cuál es el amarillo? ¿El azul? ¿El rojo? ¡Muuuy bien!

—¿Qué iremos a hacer, Germán? —preguntaba la mamá, y él decía que cuando se presentara el lío lo resolverían.

Nunca lograron que la niña aceptara que el cerdo dejara de dormir en la casa. Llegaron a un punto de no negociación, por lo mucho que había crecido, hasta que finalmente lo sacaron y ella no volvió a hablarles durante muchos días. No era de las que lloraban. Hija única, era voluntariosa, y todos, menos el tío, le temían un poco. Habría sido la mejor de su clase y del colegio si no fuera porque sacaba malas notas en conducta. Yo no quiero ser la mejor del colegio, decía. El tío, que no se andaba con sentimentalismos ni era aficionado a dorar píldoras, le recordó cuál era el destino de los cerdos que criaban. De eso vivís, mocosa, dijo. Y entonces ella dejó de hablarle también.

Cuando alcanzó los doscientos kilos, el cerdo seguía distinguiendo los colores, levantando la pata y dando vueltas en redondo. Había aprendido a señalar las cosas y apuntaba con el hocico cuando la niña le pedía que le mostrara la pelota, o una botella, y después aprendió también a distinguir a la gente que ella nombraba, y la señalaba con la trompa. Menos mal ya no podía sentarse en las patas traseras como los terrier, por el peso, pues eso sin duda habría terminado de horrorizar a la mamá.

Entre los clientes del papá y el tío había un negocio de venta de morcilla, chorizos y carne en canal. Tenía la rosada escultura de un cerdo montada alta sobre una columna de cemento pintado de blanco, para que los carros que venían por la autopista la vieran desde lejos. Mataban ellos mismos los animales y los chamuscaban con helecho seco a la manera tradicional, cosa que explicaban con orgullo en los avisos que ponían en las paredes. A veces se juntaban en el parqueadero diez o más carros de gente que hacía cola para comprar. La morcilla era aromática, los chorizos despedían el inquietante olor de los buenos chorizos y el cañón era tierno y jugoso.

A ese negocio llevaron al cerdo, no porque el papá quisiera matarlo ni por lo mucho que valía su carne en canal, sino porque ¿qué más podían hacer? Su crecimiento había superado todo pronóstico y el animal alcanzó los quinientos kilos, todos ellos sostenidos por las delicadas patas blancas, que parecían demasiado pequeñas para semejante mole. No podían dejar a un animal así en la finca, comiendo, por más que supiera distinguir los colores y los conociera a ellos por su nombre de pila. El papá le dijo a la niña que era mejor que se fuera acostumbrando a la idea y ella respondió atrévase y verá.

Se lo llevaron cuando la niña estaba en el colegio. El cerdo se puso muy nervioso y costó trabajo subirlo al camión. La mamá se encerró en el baño, se tapó los oídos y cuando se los destapó creyó oírlo todavía. Se los volvió a tapar, dos, tres minutos, y ya no lo oyó más. El animal estuvo muy inquieto durante todo el viaje, y cuando llegaron no quería dejarse sacar. Lo obligaron con golpes y tirones mientras ensordecía a todo el mundo con sus chillidos. Ya en el suelo siguió chillando y resistiéndose, y de pronto se les escapó y se metió a la autopista. Pitos, frenazos, rastrillar de llantas. Al cerdo los ojos le brillaban, desorbitados. Se había reunido un gentío como venido de la nada, silencioso, en el borde de la carretera. Pasó una nube medio parecida a un barco, pero allí nadie tenía tiempo de mirar nubes y mucho menos de buscarles parecidos. Entonces los ventrículos del cerdo se dieron a temblar como locos, el animal se desplomó en el pavimento y los ojos se le empezaron a opacar. Un camión pequeño que traía gallinas vivas y mucha velocidad casi le pasa por encima o le cae encima, pues por traer carga alta amenazaba con volcarse, pero logró parar con un chirrido largo, dejó las marcas negras en la carretera y de la carga se soltaron algunas plumas cafés, algunas estercoladas, que siguieron su camino, arrastradas por el aire.

# En esta casa

—En esta casa no han matado a nadie, ni nadie de aquí ha matado a ninguno —dijo Blanca.

La vecina y ella a veces se llamaban y la una le pasaba a la otra por encima de la cerca plátanos maduros calados en azúcar, esponjados de limón o torrejas de choclo. Y conversaban. Blanca estaba preocupada porque a su padre le estaba llegando la demencia. Venía perdiendo la memoria a corto plazo, y al largo, muchas de las cosas que recordaba eran disparates.

El padre andaba diciendo que había matado a cuatro personas. A veces eran tres. O dos. La que nunca faltaba era la muerte, o el ajusticiamiento, decía, del hombre joven que le había robado una lancha. El papá, que conocía muy bien la represa, había sido aficionado a la pesca y a las lanchas. Blanca recordaba que treinta años atrás, tal vez, cuando ella era todavía adolescente y la región estaba en plena guerra, al papá le habían robado una de las dos lanchas que tenía entonces. Y al ladrón lo mataron. Tal vez lo hicieron los paramilitares por haberlos traicionado o por alguna plata que les debiera, en fin, por cualquiera de las muchas razones o compulsiones que tenían ellos para hacer lo que hacían, o lo mataron los guerrilleros por ladrón. Mucho se habló, en todo caso.

—¿Cómo se pone a decir todas esas cosas por ahí, papá? Va a terminar usted enredándose y en la cárcel.

Él decía que no había estado hablando en serio. Qué vaina que ya la gente no fuera capaz de entender un chiste. Para vivir en un mundo aburridor como un cementerio, decía, mejor de una vez buscar alguno, cosa que él pensaba hacer muy pronto.

La vecina cambió de mano el plato con el esponjado de limón y dijo:

—Vea, pues, con don Bernardo. Sí se le ocurrió una chifladura muy rara, él, que ha sido tan serio, tan cuerdo. ¿Y ya tienen diagnóstico?

—Él todavía se siente bien —dijo Blanca, como si estuviera contestando lo que le habían preguntado—. Pero la cosa se ve avanzar...

—¿Y doña Carmen?

—La semana pasada mi papá quemó la leche que yo tenía para el arequipe. No entiendo. Cuando llegué con mi mamá ¡había una humareda! ¡Y el olor! Y él tan campante viendo televisión entre el humero. Había prendido la boquilla seguramente para encender un cigarrillo y la dejó encendida... Raro que prendiera la de la leche, ¿no? Quién sabe. Y esconde los cigarrillos para que no se los roben los nietos, y después no los puede encontrar. Y esconde la plata, para que tampoco se la roben.

—Qué pesar.

—No sé qué vamos a hacer. Al muchacho lo mataron ya hace muchos años, cuando todo esto estaba en guerra. Un balazo en la... Como les gusta a los... Fue por esos días.

—¿Un balazo qué? Ya voy necesitando audífonos. En el oído derecho tengo apenas el cuarenta por ciento. El otro está casi bueno.

—Nada. Yo aquí echándole cabeza a todo. No me hagás caso... ¿Y qué tal, por ejemplo, que la familia de este muchacho de la lancha, por alguna razón...?

—Este país no es seguro.

De la medicina no se podía esperar mucho. Según había leído, no existían fármacos ni tratamiento para esta enfermedad y ella sabía que eso mismo le iba a decir el médico, aunque más adornado. En eso Blanca tuvo y no tuvo razón. En situaciones como esta, aseguró en efecto el médico, no se puede hablar de recuperación sino de mantener la calidad de vida del paciente. No hay mucho que se pueda hacer. El trastorno, dicen, es consecuencia de una combinación de factores genéticos, ambientales y del estilo de vida que afectan el cerebro a lo largo del tiempo. Claro que en su opinión saber eso y no saber nada es casi lo mismo. En última instancia no se trata más que del proceso natural de la vejez y la muerte por el que todos pasamos, dijo, unos de un modo, otros de otro.

Este definitivamente no era de los que adornaban.

—Gracias por su apoyo, doctor.

Para ella era claro que no podía esperar mucho apoyo de nadie. La mamá habría querido ayudar, pero ya tenía muchos años también y no lograba entender del todo lo que estaba pasando. Cuando empezaba a repetir que en qué le podía ayudar, a Blanca le daba un poquito de malgenio y tenía que hacer un esfuerzo para no mandarla a ver televisión a la sala. También cuando quería saber por qué él a veces decía cosas como tan raras. Y se había pasado a dormir al cuarto de Blanca. Los otros hijos, aunque ayudaban tanto como podían, tenían la válida excusa de sus propias numerosas familias. El hecho era que a Blanca no le había gustado ninguno de sus muchos pretendientes, no se quiso casar y ahora había quedado encargada de los dos ancianos. Fue el precio que tuvo que pagar por no haber querido que ningún extraño la mandara.

El papá oyó que Blanca abría la puerta de la casa y que Carmen la recibía. Llegó esta muchacha, por fin. Se pone a conversar con la amiga y deja todo tirado. Además, le cuenta las cosas de aquí y queda él expuesto. Por aquí hay asesinos como arroz y él tiene enemigos. Nada más de la familia de este muchacho de la lancha son como doscientos... ¿Si no fue él, entonces por qué se acuerda? No tuvo tiempo ni de rogarle. ¡Ay, Dios! Pero no cree que haya sido él. ¿Por qué él?

—A bañarse, don Bernardo. Eso le quita esa cara de entierro. La vecina le manda saludos. Usted sigue de tumbalocas, ¿no? Porque bonito sí ha sido, para qué.

—Estoy más bañado que un putas —dijo don Bernardo, irritado porque lo querían hacer bañar dos veces en el mismo día, angustiado por la atrocidad que creía haber cometido aquella vez—. Empieza la vejez y ya lo quieren tratar a uno como a un trapo.

—¿A qué horas se bañó? Ayer se bañó, no hoy. ¿Un papá malhablado y oliendo a meados? No. Además, la vejez suya empezó hace rato. Lo nuevo es la grosería.

—Zalamera.

—Boquisucio.

A don Bernardo le simpatizaba Blanca, su hija mayor, la solteroncita. Claro que ahora incluso ella alcanzaba a sacarlo de quicio. Lo bueno, pensaba, era que no le tenía miedo y era chistosa. Don Bernardo no entendía por qué la gente le tenía miedo. Se lo preguntó a Blanca y ella se rio. Se reía de lo más bueno, con muchas ganas, y alegraba oírla. El muchacho de la lancha le había tenido miedo. ¡Claro que por esos días él era completamente otro! Joven todavía, cuarenta años si acaso. Así es uno a esa edad. El ladrón estaba sentado en su lancha y se puso como un papel cuando supo lo que iba a pasarle.

—¡A la ducha, mi comandante Cuchillos!

El comandante Cuchillos fue un paramilitar famoso por su crueldad, que había muerto hacía poco con toda impunidad de un cáncer de páncreas.

—Yo maté a ese muchacho de la lancha. Creo.

—¿A cuál muchacho de la...? ¡Oigan a este señor! ¡Dele con eso! Oiga, mi don, usted se tiene que alimentar mejor, usted que era todo cuajado mire que está en los huesitos. No, cómo se le ocurre, papá. Si al que mató a ese muchacho lo metieron a la cárcel, acuérdese. Y allá también lo mataron.

—El que a hierro mata...

—Y usted, ¡que anda diciendo esas barbaridades en la calle!

—Yo no he dicho nada.

Entonces se acordó de que la familia del muchacho podría venir a asesinarlo, pero no supo si en ese momento le dijo algo a Blanca sobre eso. Él creía que no. Y empezó a mantener el portón de la calle cerrado con llave, para incomodidad de los demás habitantes de la casa, y también se encerraba con llave en su cuarto por las noches, para protegerse. Don Bernardo se dio cuenta de que ella no le había querido quitar el cuchillo que empezó a mantener debajo del colchón, pues sabía que lo podía necesitar en cualquier momento si al gentío le daba por venir, tumbar la puerta y hacer justicia por su propia mano. Es posible que no lo haya visto, quién sabe. Lo importante era que él no se iba a dejar matar como un marrano.

Con los días se fue calmando, tal vez por los medicamentos, y con los meses no se acordó más del cuchillo y del portón, y ni siquiera de la llave de su cuarto. De vez en cuando se formaba en su mente la imagen del muchacho de la lancha y la de la persona que lo había matado. Tomó algún tiempo el proceso de descomposición y desaparición de los acontecimientos de su vida, que no habían sido pocos, pero al final de un prolongado tira y afloje, la memoria se aflojó del todo, se desprendió como una fruta podrida o una flor mustia, y por fin don Bernardo se olvidó de que él era don Bernardo. Las imágenes de muchacho, lancha, tiro en la cabeza y agua desaparecieron para siempre y el mundo, el mundo todo, regresó de esta forma terrible al inicio otra vez, a la inocencia.

# Las voces del aire

Me llamo Mario. Con la idea de alejarme tanto como me sea posible de la especie humana, que desde hace ya miles de años viene completamente enloquecida y me resulta cada vez más desagradable, adapté un planchón como vivienda y paso mucho tiempo en los sitios selváticos e inhabitados de este enorme embalse. Cuando baja el nivel escojo alguna de las bahías adornadas con las piedras grandes que han emergido del agua y son como monumentales esculturas empotradas en los barrancos anaranjados, y fondeo donde pueda verlas. Cuando la represa está al tope y las piedras desaparecen y las ramas inclinadas de los árboles tocan el agua, fondeo lo más cerca posible de alguna orilla para sentir el sonido y el silencio de la impenetrable vegetación de islas, penínsulas y bahías.

Después de una o dos semanas de oír en las mañanas el bullicio de esos pavitos silvestres que se conocen como guacharacas y en las noches el canto de los búhos, empiezo a extrañar el ruido de la gente, así sea el de la música y las voces de los vecinos y de los turistas, y paso algunos días en tierra firme, en una finca con muelle que tengo alquilada al fondo de una bahía. La parte habitada de la represa, donde tengo la finca, ocupa sólo una porción muy pequeña del embalse y es turística y muy bullosa: planchones con fiestas de reguetón, absurdas lanchas rápidas y fiestas en las casas hasta la madrugada. El resto del embalse es completamente solitario, salvo por las muy ocasionales lanchas de pescadores o por la gente que sale de la parte turística en sus motos acuáticas y no sabe cómo regresar.

La bahía donde queda mi casa está ocupada por unas diez fincas de recreo o de alquiler turístico, con casas sencillas, bonitas, bien construidas, algunas casi lujosas. Por un curioso fenómeno topográfico y acústico, y sobre todo por las ironías de la vida —como las dos tazas del que no quiere caldo—, este reencuentro periódico con la gente no sólo es suficiente para mí sino también demasiado. Las montañas que forman la bahía crean una especie de caja de resonancia, una concha acústica, y en mi casa se oyen fragmentos a veces muy claros de las conversaciones que se están dando en las otras. Por instantes es como estar en las salas de los vecinos o ellos en la mía. De haberlo sabido, no la habría alquilado. Es molesto recibir esos nítidos jirones de información que hacen que la realidad se haga todavía más ambigua y confusa.

Podría devolver la casa y vivir del todo en la barcaza, pero todavía no estoy listo para separarme por completo de la tierra firme y de la gente. En lo que tiene que ver con los ingresos todo estaría bien, pues soy traductor —textos médicos—, y la traducción es una de las profesiones que más se han beneficiado con las nuevas comunicaciones. No he tenido problemas para trabajar en el planchón y gracias a eso y a mis otras actividades, cocinar, leer, oír música, ocuparme de la barcaza, cuando estoy en ella tengo la suerte de gozar de días intensos y cortos.

Hace un tiempo volví después de dos semanas en el agua. Me habría podido quedar algunos días más, aún tenía mercado, pero estaba pendiente el cambio semestral del aceite del motor y con eso no se juega. Dependo por completo de esa máquina. El mantenimiento lo hace Fabio, que es mecánico y pescador. Cambia el aceite y el filtro y revisa las bujías, eso es todo, en realidad, pues hace poco remplacé el motor por uno nuevo y no es probable que algo le falle o se desgaste todavía. Fabio tiene un kayak rojo de plástico al que recortó la cubierta y convirtió así en canoa. Vive con su mujer y sus hijos menores a media hora, remando fuerte en el exkayak, o a diez minutos en su lancha de motor, que muy poco usa, por el precio de la gasolina.

Llegó entonces Fabio en la lancha, precisamente, a hacer lo del aceite y hablamos un rato de las fincas que estaban vendiendo, de las muchas casas de campo que estaban construyendo por todas partes y de lo caro que se había puesto el metro cuadrado. Es por el turismo, dijimos los dos. Entonces Fabio dijo de repente que Gerardo, un enfermo mental que hacía trabajos de jardinería en las fincas de la zona, me había agarrado ojeriza y andaba diciendo que me cuidara, que me diera por muerto, mejor dicho, que me las iba a tener que ver con él.

A veces, cuando se emborracha, Gerardo se pone violento. Por eso ya lo habían recluido en una clínica y yo sabía que tarde o temprano lo tendrían que internar otra vez, pues se había convertido en un problema para todo el mundo, pero no me imaginé que se fuera a dar de esta forma. Yo sólo había hablado dos veces con él. En la primera el loquito me mostró el brazalete localizador que le habían puesto en el tobillo en la clínica donde estuvo dos meses. «Larga una señal y ellos saben dónde estoy». En la última me pidió plata y no quise darle, pues era para comprar aguardiente. Ya estaba borracho. «Rico hijueputa, para acabarlo a pedradas», pensó seguramente, pero no me insultó, como hacía con muchos. Tal vez eso habría sido preferible. Me miró mal, eso fue todo, y se fue. El único indicio de que me había ganado un enemigo mortal fueron las pedradas imaginarias.

Ante el comentario de Fabio sobre lo que Gerardo andaba diciendo me quedé callado. Es lo que hago cuando me sorprendo a mí mismo oyendo lo que nadie ha dicho o creyendo saber lo que los otros están pensando, como con el asunto de las piedras. Si los disparates son grandes, sé que eso está ocurriendo y los dejo pasar. De modo que no pregunté nada sobre las intenciones del loco Gerardo, y Fabio no insistió con el asunto. Ya el hecho de que no lo hiciera tratándose de algo tan grave era prueba de que todo había sido sólo cosa mía. Así y todo, me llamó la atención y me preocupó que coincidiera con lo que yo creí que el loco había pensado la vez que no quise darle plata para su borrachera.

Fabio decidió entonces tocar un tema personal y la reunión se puso aún más difícil. Me contó que él, años atrás, cuando los paramilitares pararon una buseta, sacaron a los pasajeros y asesinaron a su hija mayor, de apenas veintidós años, y a otros tres jóvenes, acusándolos de guerrilleros, había quedado tan desmoralizado que abandonó a su familia y se puso a andar por todo el país, sin rumbo, a veces a pie, otras veces a dedo, casi siempre en camiones de carga. Trabajó en las bananeras de Urabá, recogió algodón en el Tolima, raspó coca en el Guaviare, recolectó café en Risaralda. Le mandaba la plata a su familia. Regresó después de dos años, con el dolor ya menguado, y se dedicó a la pesca y a trabajos ocasionales de mecánica. La culpa de todo, don Mario, la tienen ustedes los poderosos, dijo de pronto, y supe que otra vez estaba oyendo lo que nadie había dicho.

—Yo no soy de los poderosos, hombre, Fabio —le dije de todas maneras, y él pareció desconcertado.

Hablamos entonces, mirando los dos el agua verde transparente de la represa, sobre la pesca en los últimos días, tema en el que podíamos extendernos, y la conversación se normalizó. También yo pesco con frecuencia en mi canoa, verde, larga, delgada, muy bonita, como de trampero canadiense. La arrastro con la barcaza. Las canoas son fluidas y el agua ayuda a disipar espejismos. El agua es agua y las neblinas son neblinas. Se toca tierra y todo se pone difícil. Se arrima uno apenas un poco a los seres humanos y empieza a enredarse todo.

Temprano al día siguiente, mientras fumaba en la baranda y miraba los jet skis levantar agua, oí dos frases muy claras que venían de la parte alta de la bahía.

*Loco hijueputa, es muy capaz.*

*No sé por qué Gerardo la agarró con él. Si ese señor no se mete con nadie.*

No había manera de saber si las frases hacían parte de la misma conversación o de conversaciones que se estaban dando en distintas casas. Traté de olvidar el asunto, pero no fui capaz. Buscando claves me puse más bien a escuchar las conversaciones que traía el aire.

*A doña Clara un párroco la dejó sin casa.*

*Dicen que es hijo de dos hermanos.*

*Para eso lo mejor es el Ajax, querida.*

*No hay que suponer nada.*

Cambiado el aceite, me quedé otros días pintando la cocina y arreglando una gotera del techo. Hice entonces un mercado grande y me fui para una zona neblinosa, donde fondeo con frecuencia. Creo que ahora estoy pasando allí por lo menos la mitad de mi vida. La niebla empieza a bajar de la montaña en jirones sobre la represa a eso de las tres de la tarde y se va adensando. Me acomodo en la terraza que hay en la proa en una silla de lona de las de acampar, con cerveza y cigarrillos, a participar de aquella fiesta de aniquilación. A las seis es casi imposible verse los pies. Me gusta ese borrarse del mundo. Es como si al fin tocara piso. Y cuando la niebla se aclara y de golpe todo regresa, el borde de las cosas y el mismo espacio, el aire, son de una limpieza que hace ver el agua y las montañas al mismo tiempo nítidas e irreales.

Había llevado comida para quince días y me quedé veinte. Los últimos cuatro fueron de black bass frito —aquí lo llaman trucha—, fríjoles de lata y arroz al desayuno, almuerzo y comida. Tuve la idea de hablar con Fabio para ver si sería posible que me llevara el mercado en caso de que algún día decidiera quedarme del todo en el agua. La ropa me la lavaría su mujer, igual que hace ahora, y Fabio me la traería en la lancha.

Cuando volví a la casa supe que el loco Gerardo otra vez estaba internado. Había agarrado a machete a un señor en una cantina, y el señor se murió en el hospital. También hirió a uno de los policías que lograron meterlo en una celda para que esperara allí, así fuera dando alaridos y aporreándose contra las paredes, a que vinieran por él los de la camisa de fuerza y las agujas hipodérmicas. Todo eso lo supe por Fabio. El resto de la información me la trajeron las caóticas voces de arriba.

*De buenas no haber estado aquí cuando vino el bobo.*

*Él bobo no es. Malo es lo que es.*

*Tarde o temprano va a volver. Al fin y al cabo, el hombre es de aquí.*

*No, niña. Si pone la papa al principio, se deshace.*

*Hijo de dos hermanos.*

*¡Creían que poniéndole una tobillera...!*

El ataque a machete fue ya entrada la noche. En la tarde había estado por mi casa, les preguntó por mí a los vecinos y les dijo que yo le debía una plata. A nadie le pareció raro. A Gerardo mucha gente «le debía una plata», cosa que se había prestado a problemas. Su insistencia en estas deudas inexistentes le había valido algunas palizas en las que también él lograba a veces dar un par de buenos golpes antes de quedar medio inconsciente en el piso.

*Pobre hombre. Qué iba él a pensar que un loquito... Y a machete.*

*A los garbanzos mejor quitarles el agua del remojo, por aquello de los pedos.*

Gracias a Dios no fue a piedra. Conmigo habría sido a piedra. A pedradas es mucho peor. Peor que con fémur de burro. A pedradas es lo peor.

# Ojos cerrados de par en par

A una señora viuda que vivía en una finca donde tenía gallinas y huerta, una de sus tres hijas, Gladis, que vivía en la ciudad en un barrio cómodo, de gente pudiente, la convenció de que estaría mejor con ella.

—¿Cómo se te ocurre? —dijeron sus otras dos hijas, que vivían en el mismo barrio—. Ella necesita estar con sus gallinas y sus cosas. ¡Se muere mi mamá entre cuatro paredes! ¿Y fue que ella te dijo que estaba aburrida?

Habían destinado la casa de la finca y sus alrededores para la mamá, el gallinero y la huerta. Una señora, Cristina, le ayudaba con la casa, y el marido, Raúl, con las gallinas y la huerta. El resto de la finca, unas quince hectáreas, estaban ociosas, aunque aumentando mucho de precio cada día. El papá había cultivado con bastante éxito grandes tomateras y también maíz y fríjol, igual que hicieron el abuelo y el bisabuelo. Ya no quedaban ni rastros de esa belleza de sembrados. Todo se había convertido en un helechal, pero un helechal muy valioso. Con el auge del turismo, las tierras con orilla en el embalse habían alcanzado precios astronómicos.

Le preguntaron a la señora que si quería que vendieran la finca y dijo que quería vivir donde Gladis viviera. Gran sorpresa y cierta decepción para todas, que venían preparadas para el gran debate. Gladis era la más poderosa de las tres poderosas hermanas y no siempre su relación con las otras era amable y fluida. Una de ellas le preguntó otra vez a la mamá que si de verdad estaba dispuesta a que vendieran la finca, piénselo bien, mamá. Y Gladis dijo:

—¿Pero no oíste que ya dijo que sí? ¿Cuántas veces querés que te lo digan?

—No señora, me da mucha pena, mi mamá dijo que quería vivir con vos, la pobre, pero no dijo nada de la finca.

La mamá repitió que vendieran eso, niñas, que ya tenía demasiados años y que les pagaran las cesantías a aquellos.

—Mamá, usted se muere de la tristeza allá donde Gladis.

—Vendan eso.

—¿Vio? —dijo Gladis.

—Lo que pasa es que vos la necesitás para que te cocine y te haga oficio

Gladis dijo que el ladrón juzgaba por su condición.

—Un momento. ¿Condición? Si ella hubiera querido venirse a vivir conmigo porque se sentía sola habría sido más que bienvenida. Pero yo no la presiono para nada. Vender la finca lo podemos hablar, eso ya es otra cosa.

La señora dijo que no era por lo sola, uno siempre estaba solo. Que era su decisión, de nadie más. Que ya la habían empezado a cansar las gallinas y que sola no había estado, además, pues allá tenía a Cristina y a Raúl.

La vendieron y la señora se fue a vivir con Gladis.

Se dedicó a cocinar y hacer oficio, cosa que le gustaba, pues había sido siempre muy activa, y se la vio contenta. Salía a caminar por el vecindario o por un parque cercano y acompañaba a Gladis al supermercado y a otras vueltas. Pero cada día pasaba más tiempo en el parque.

—¿Arrepentidita de haber dejado la finca, mamá? —le preguntó una de las que no habían estado de acuerdo.

—Si me arrepiento es cosa mía, señorita. Pasé momentos muy felices en la finca y de eso estoy agradecida, pero las cosas se acaban cuando se acaban.

—Ella está contenta —dijo Gladis—. Lo único fue que me agarró el vicio de pararse en la ventana a mirar para la calle, día y noche. Bueno, y lo del parque, que es hasta peligroso, no sea que la atraquen.

—¿Ella *te* agarró el vicio? —preguntó una de las hermanas, pero a Gladis no le convenía oírla y no la oyó.

En el antejardín de la casa del frente había un tulipán africano y un bello árbol de achiote, y eso era lo que la anciana miraba. La mamá no dijo nada sobre su vicio de la ventana. No explicó ni dio razones. Tal vez pensaba que no iban a entender que le gustaba simplemente mirar las flores del tulipán como gallitos anaranjados y el achiote lleno de frutos erizados color ladrillo, y ver a las pocas personas que pasaban.

Hablaba cada vez menos. Seguía cocinando y haciendo el oficio de la casa, pero en silencio. Y cada vez pasaba más tiempo en la ventana o en el parque. Después dejó de hacer el oficio y cocinar, aumentó las horas de parque y ventana y la hija contrató una empleada. Las dos hermanas no paraban con los reproches hacia Gladis, situación que se agravó cuando, apenas comenzando, renunció la empleada. Según ella, no podía hacer todo lo de la casa y además cuidar a la señora. Si está tan aburrida lo mejor es que se vaya, sí, le dijo Gladis, como si la otra no hubiera renunciado y ella la estuviera echando.

—Se te advirtió —le dijeron sus hermanas—. ¿Y ahora?

La residencia para adultos mayores fue la más cara que pudieron encontrar, con un plantel de tres masajistas, un cura, una monja, dos enfermeras, cuatro auxiliares de enfermería, un recreacionista profesional y muchos jardineros, electricistas y cocineros y ayudantes de cocina. Estaba poblada por ancianas que jugaban naipes con toda lucidez y ancianos más bien frágiles y nebulosos que no se dedicaban a nada preciso. Cuando la señora llegó, alcanzó a ver de reojo a los residentes, camino de su cuarto. También ellos la miraron de sesgo, aunque con simpatía, y tal vez pensaron ¿a esta viejita campesina como tan bien puesta qué se le perdió por aquí? El cuarto, equipado con una televisión de alta definición que ella nunca encendería, tenía vista a la montaña, que contemplaría el día entero y gran parte de la noche durante toda su estadía. Y sólo saldría de él para regresar a la casa de Gladis dos meses largos después, esta vez sin mirar a nadie, ni siquiera de reojo. Su salud se había deteriorado y había cosas que ya no podía hacer bien por sí misma, como bañarse, vestirse o cocinar. Su fragilidad era evidente.

—Ella necesita enfermera veinticuatro siete —dijo una de las hermanas.

—¿Veinticuánto? —preguntó Gladis, que sabía perfectamente de qué hablaba su hermana.

—Día y noche todos los días.

—¡Tan sofisticada!

Consiguieron enfermera veinticuatro siete, dos turnos, y entonces la mamá dejó de hablar casi del todo y se la pasaba acostada y con los ojos cerrados. Se levantaba sólo para ir al baño o pararse durante ratos cortos en la ventana a mirar el tulipán y el achiote. Comía en la cama con no demasiado apetito y otra vez cerraba los ojos. La enfermera del turno de la noche, que era muy religiosa y cargaba una santa cruz no tan pequeña en el cuello, se empeñó durante algún tiempo en que la señora rezara el rosario con ella. Nunca lo logró. Una vez entró Gladis al cuarto y la enfermera, sosteniendo la santa cruz en el aire con una mano, con la otra asperjaba agua bendita sobre la anciana, que, como siempre, estaba acostada bocarriba con los ojos cerrados —una de las endemoniadas más tranquilas que alguna vez hayan sufrido de tan antiguo mal—.

—No voy a salir de usted, doña Leonor, no se preocupe, lo que sí es que ese asuntico de los rezos y demás tiene que parar. Mi mamá la verdad no está para esas cosas.

No salió de ella. Doña Leonor se fue por decisión propia. No era capaz de presenciar, dijo, cómo una persona a la que ella estaba muy en capacidad de ayudar se encontraba, por desidia de sus familiares, en esa condición tan lastimosa, y mejor se iba, y mejor se los decía estando las tres presentes, no fueran a pensar que se iba escabullida.

—Listo, ya lo dijo, doña Leonor —le contestó Gladis—. Ahora váyase, ¿sí?

Cada vez se levantaría menos, la mamá, rara vez abriría los ojos. Nadie sabía cuándo estaba dormida y cuándo despierta. Si necesitaba algo llamaba en voz baja y muy comedida a las enfermeras. Empezó a comer cada vez un poco menos, hasta que las hijas se dieron a decir que se alimentaba como un pajarito. Prefería lo dulce a lo salado. Era difícil que comiera carne. Una copa de helado de vainilla era todo su almuerzo, día tras día, y no había poder humano que la hiciera comer otras cosas. A veces, no siempre, le ponía un chorro de almíbar. Entonces dejó de comerse el poquito de carne de la comida y el huevo del desayuno y se pasó por completo al helado, desayuno, almuerzo y comida, pero siempre con moderación, así que nunca le produjo diarrea, como pasa con ancianos más incontinentes.

Y a veces, de día o de noche, con los ojos cerrados, parecía estar muerta y sonreír.

# De vuelta de las nieblas

Cada sábado, de ruana, zamarros y sombrero, subía en su bonito caballo de paso fino a una finca inútil que tenía en tierra fría: pastos ralos, helechos, vacas secas y peludas, matorrales y neblinas. Tan pronto llegaba se sentaba en el corredor a resolver problemas de ajedrez y a beber aguardiente lentamente, sin quitarse ni la ruana ni el sombrero. Cuando levantaba la vista del tablero veía abajo la extensión completa del embalse, con sus islas, penínsulas y bahías, que desde esta distancia le daban la apariencia de inmensa ciénaga.

Le cuidaba la finca un matrimonio vecino. La mujer ponía en la mesa del ajedrez la botella de aguardiente que él había traído, una copa, un plato con trozos de naranja y un salero. También había traído las naranjas en las alforjas, pues allá arriba, por lo frío, no se daban.

Dueño de un almacén grande de productos agrícolas, vivía con su mujer en una casa campestre de las afueras, también con vista a la represa, pero mucho más cercana que la finca de tierra fría, aunque sin acceso, lo cual estaba bien, pues le gustaba verla, no acceder a ella. Ocupaba el piso de arriba; su mujer, doña Aída, el de abajo.

No tuvieron hijos.

Habían organizado sus vidas de modo que se encontraran lo menos posible. Desde hacía muchos años el amante de ella había llegado todos los días a las seis de la tarde y se había ido a las ocho de la noche. Aún lo hacía, pero como habían envejecido, ya no se amaban, conversaban. Hablaban de libros, de política, del estado del planeta y de lo que estuviera pasando por ahí. De joven, doña Aída fue atractiva, por el humor rápido y por la figura. Había perdido esta con la edad, pero mantenía la agilidad mental. El amante parecía un galán ya viejo de cine. No había montado nunca a caballo; consideraba, como muchos, que el aguardiente era un brebaje desagradable y no se había puesto nunca una ruana ni un sombrero.

Como tantas otras veces, aquel domingo el marido se había pasado de aguardientes y, ya de regreso, y a medio camino entre su finca de tierra fría y la finca en la que vivían, había caído en una profunda laguna alcohólica. Montaba como un chalán profesional. Aunque su mente estaba en la total oscuridad, cada cierto tiempo sacaba la panzuda botella de aguardiente de la profundidad del bolsillo derecho de los zamarros —en el izquierdo llevaba la billetera y un revólver— y desde el centro de su noche, mecido por la borrachera y por el bonito paso del caballo, se tomaba otro aguardiente. Dicen que los chalanes borrachos montan mejor que los sobrios. Tal vez. Lo que sí es seguro es que dan mejor espectáculo. «Se va a caer», advertían unos cuando el movimiento lo desplazaba demasiado hacia un costado. «Él nunca se cae», decían otros. La manera de alejarse de su centro de gravedad y volver a recobrarlo, para perderlo otra vez hacia el lado contrario y de nuevo recuperarlo, tenía bastante de armonioso, tal vez porque durante el suave movimiento pendular del jinete sobre el abismo el caballo mantenía siempre la gracia, la compostura. Se le terminó la botella, paró en una tienda y sin bajarse del caballo y con los ojos casi cerrados le pasó al tendero, un señor pelirrojo muy blanco y pecoso, la billetera y la botella vacía. El hombre tomó algunos billetes, le devolvió la billetera y fue por la nueva botella.

Llegó a la casa y trató de entrar sin abrir la portada de hierro. El caballo retrocedió, y aun en el retroceso caballo y jinete conservaron su fuerte melodía, su armonía. El hombre, que al parecer seguía dormido, insistió, y el animal, con ojos que empezaban a desorbitarse, volvió a retroceder. Las herraduras soltaron chispas en el pavimento. Y ya se disponía a empujar otra vez al caballo cuando el amante de su mujer salió de la casa y abrió la portada. Nunca en todos esos años lo había hecho, por supuesto. Los dos tenían mucho cuidado de no encontrarse y, gracias a lo estricto de los horarios, se habían visto unas tres veces de lejos, si acaso. Hoy el amante alcanzó a darse cuenta de que el marido traía una borrachera de las grandes, y que si no le abría ya mismo algo grave podría pasar. «Sí, ve y le abres, por favor. Se nos desnuca y qué hacemos», dijo doña Aída. «El Carlos parece que no está». Carlos, el mayordomo, era el encargado de abrir la puerta. Tenía libres los domingos y debía estar de regreso a las seis. Si no llegaba a esa hora, cosa que ocurría dos o tres veces al año, era porque también se había emborrachado.

El marido cruzó la portada y, con la quijada en el esternón, dijo algo así como «gfgmffhmfú» al pasar al lado del amante. A medio camino entre la portada y la casa volvió a decirlo. El caballo se detuvo entonces y él se deslizó de la silla como el agua o como si no tuviera vértebras, cayó posándose en la bien recortada y absolutamente verde grama bajo la luz débil que alcanzaba a llegar de la casa y quedó un momento bocarriba mirando las estrellas. La ruana no se le acumuló en la cara. Era como si él mismo la hubiera alisado antes de acostarse en el verdor. Se sentó. Nunca recordaría haber visto la Cruz del Sur aquella noche. Dos veces intentó pararse, pero era claro que no iba a ser capaz. El caballo, tratando de pastar en la grama, hacía sonar los metales articulados del freno entre los dientes.

—Permitime yo te ayudo.

El marido de doña Aída repitió lo que había dicho antes, y el amante creyó percibir un toque de amargura o rencor que prefirió no registrar. Aunque la palabra bien podría haber sido un insulto o una amenaza, no quiso enredarse y oyó lo que quería oír. ¿Y quién había allí para contradecirlo?

—Es con mucho gusto, hombre. A ver, ahora te vas a parar...

El marido, buscando algo torpemente en lo más profundo de los zamarros, hacía todo más difícil.

Al día siguiente se levantó al amanecer, se bañó con agua fría durante mucho tiempo y empezó a vestirse para ir al almacén. En el trabajo usaba vestido de paño gris oscuro y corbatín negro de tiras, igual a los que usan los ganaderos ricos en las películas. En el cerebro adolorido le había flotado desde el despertar, como una burbuja amarga, una intranquilidad, un dolor. Desayunaba todas las mañanas en una mesita en el corredor del frente de la casa, y cuando su mujer tenía que decirle algo, este era el momento del día que escogía para hacerlo. Al parecer hoy tampoco vendría. El desayuno consistía en un huevo pasado por agua, café negro, una arepa grande, mantequilla, sal. El huevo tenía que ser pequeño o lo devolvía a la cocina. Y en mañanas como estas, de resaca fuerte, ya no perdía el tiempo bregando con su memoria, pues sabía bien que lo que había visto o hecho al final del día anterior se había borrado para siempre. Esta vez, sin embargo, por alguna razón o intuición, lo intranquilizaba no saber cómo había llegado a la cama y quién o quiénes lo habían desvestido y cobijado.

Sabía bien que a nadie había matado. Lo primero al despertar había sido mirar en los zamarros para comprobar que el revólver tuviera todas las balas y no se le hubiera perdido la billetera ni faltara plata. Tuvo que haber parado en alguna tienda, pensó, pues faltaba lo que vale una botella más diez mil pesos —de propina, seguramente—, y la que traía estaba casi entera.

La arepa, tierna y crujiente. La mantequilla, aromática. El huevo, hervido a la perfección.

# Dos naufragios

Panelo naufragó la primera vez durante la filmación de *Titanic*, en aguas del Pacífico mexicano, y la segunda durante un paseo de turismo en aguas del embalse, en el buque *Fiestero*. El segundo naufragio le gustó más que el de *Titanic*. En aquel no hubo directores de cine amargándole la vida a todo el mundo, ya fueran estrellas o extras, y sí muchas señoras con propensión a exclamar lo bonito que era todo. Y a Panelo le gusta la compañía de las señoras. Llevan cartera en el brazo, tienen sonrisa cálida. Parecen hermanas de su mamá y también de sus muy queridas tías, que afortunadamente no tuvieron manera de acompañarlos.

—Mirá, Panelo, ¿y vos por qué fue que te teñiste el pelo así todo amarillo? —preguntan con frecuencia las señoras, y la respuesta cambia. Le dijeron que era bueno para los piojos. Para que la novia lo pueda ver desde lejos. Para pedir la visa. Y todas las respuestas las divierten, no tanto por su objetivo contenido humorístico sino por la manera graciosa de enunciarlas. Les gusta preguntarle también por sus tatuajes. ¿Qué había dicho la mamá cuando se los hizo? ¿La tatuada había dolido? ¿Se los podía borrar cuando quisiera? Y para que gritaran, escandalizadas, Panelo se subía la camiseta por detrás y les mostraba las alas abiertas de murciélago, muy bonitas y detalladas, que tenía tatuadas en la delgada espalda.

—Y tan joven que sos. ¡Y tanto que te queda por vivir con eso!

—Qué animal para bonito el murciélago, ¿cierto? Ñato y con esos colmillitos... —decía Panelo, y ponía cara de murciélago.

—Vos sí que sabés imitar. A ver, hacé otra vez la del león.

Esa imitación era parte de su repertorio. Un león se aburría a muerte en el territorio que los seres humanos le habían inventado en el zoológico y, echado frente a su cueva, miraba con displicencia a quienes venían a verlo. La imitación la hacía Panelo en el cuarto piso del *Fiestero*. Su novia lo miraba como desde lejos, no despectiva ni mucho menos, sino curiosa, curiosa en frío, se podría decir, mientras el león, él sí, miraba al público con un toque de desprecio, como si estuviera cada vez menos convencido del valor de la especie humana. Panelo y ella llevaban un mes juntos y cada vez la conocía menos y le gustaba más. Él era un carnaval ambulante; ella, silenciosa y al parecer impasible. No se reía nunca, aunque le brillaban un poco más los ojos con las monerías y apuntes constantes de Panelo, que para él eran a veces un poco abrumadores, pues su mente nunca encontraba reposo.

Los dos naufragios, obviamente similares, tuvieron sus diferencias, también obvias. En el *Fiestero* murieron seis personas, y en la filmación de *Titanic* muchas, entre ellas Panelo, así no fueran muertes reales. Se decía que tres pasajeras del *Fiestero*, justo señoras, habían quedado flotando contra el cielo raso del primer piso, ojos dilatados y congelados en la incredulidad de la muerte, los chalecos salvavidas muy bien abrochados y sin duda funcionales, y las carteras abajo, en el piso sumergido, que empezaba a cubrirse de lodo. «Los salvavidas las mataron», tituló un periódico, y explicó, con cierto humor que tal vez estaba de más, que los salvavidas las habían pegado contra el techo, impidiéndoles escapar por alguna ventana, y ellas no tuvieron la habilidad o la inclinación para romper las reglas y quitárselos. Por otro lado, nadie sabe si en el verdadero *Titanic* quedarían señoras en los cielos rasos —había muchas, algunas llenas de diamantes— aunque existe la posibilidad de que, en efecto, estén allá abajo meciéndose y entrechocando sus huesitos en el Atlántico.

Panelo, que estaba en Los Ángeles tratando de estudiar cine, había viajado a Rosarito, Baja California, para ver la filmación, y consiguió trabajo como extra. Su papel consistía en ahogarse y sacar el brazo del agua. O al revés. Sacar el brazo del agua y ahogarse. El director, después de repetir infinitas veces una escena en que perecen unos y a duras penas sobreviven otros, por fin se mostró conforme. De haber estado tatuado en ese entonces, a Panelo no le habrían dado el trabajo, pues su brazo, ilustrado a fondo con caracoles y algas, hubiera sido una distracción demasiado fuerte para el público.

Lo único de Panelo que aparece en la película es el brazo, muy blanco, como si la sola extremidad estuviera aterrorizada. «Cortaron la toma donde yo boqueaba, y ahí era donde había dado lo mejor de mí mismo». A los mexicanos les pagaban cuarenta dólares diarios, y a los rubios que hablaban inglés, ciento veinte. «Yo era pasajero de tercera clase, *austere class*. Mi personaje era pobretón y me ponían una boinita, una bufanda amarillita, un saquito, pero todo, todo se lo daban a uno, le decían que no podía traer absolutamente nada de joyas, relojes, ni nada, y lo superrevisaban y le daban hasta las medias, que allá conocen como calcetines».

Le pagaron ciento veinte, porque hablaba inglés y por lo blanco.

Dos años después de la filmación, durante un sábado de turismo intenso, los pasajeros conversaban en lo que era a la vez techo y cuarto piso del *Fiestero* en sillas metálicas de tijera que habían estado en hileras y ya la gente había acomodado a su manera. La novia de Panelo era bailarina, muy bonita, estaba tatuada también y era más alta que él. La había conocido en una discoteca de salsa. En el primer piso del *Fiestero* el reguetón sonaba duro, con bajos que retumbaban en la caja torácica y casi hacían mover los intestinos. Algunas parejas bailaban. Mientras Panelo hablaba con los otros pasajeros, su novia, acodada en la baranda, miraba el agua verde oscura de la represa y sentía tal vez su silencio, que casi alcanzaba a absorber el retumbe de la música. Se sabía que era bailarina porque en sus maneras de pararse —y tenía varias— había siempre una especie de contorsión inconsciente propia de bailarines.

Se produjo un golpe muy fuerte en un costado y el barco se inclinó hacia ese lado. Las personas que estaban en el techo, es decir, el cuarto piso —el «panorámico», como lo llamaban los meseros—, unas ochenta personas, entre ellas Panelo, la novia y las señoras, corrieron a agolparse en la parte alta. El barco se niveló, se inclinó en la dirección contraria y entonces regresó otra vez a la posición de equilibrio, pero ya tenía dos de sus cuatro pisos debajo del agua y los pasajeros escapaban de la muerte por las ventanas lo mejor que podían. Se centró y quedó en equilibrio. Se inclinó entonces para el otro lado y la gente, a trompicones, cayéndose, tirando de los brazos de los niños, corrió para el lado contrario. Uno de los tripulantes empezó a repartir salvavidas. El barco se hundía despacio. La novia de Panelo se quitó su larga falda y aparecieron los tatuajes de claveles en sus piernas. Se zambulló y después de un rato salió con una niña como de siete años, medio inconsciente, a la espalda.

Mientras tanto, Panelo trataba de ayudarle a una de las señoras de las que era tan aficionado. La señora se había caído cuando el *Fiestero* dio el primer tumbo hacia un costado, y cuando por fin había logrado ponerse de pie, tuvo que agarrarse otra vez de Panelo en el instante en que el barco volvía a equilibrarse y daba el tumbo hacia el otro. Estuvieron a punto de rodar los dos por la cubierta. Todo el mundo gritaba. Tres o cuatro voluntarios daban órdenes que nadie obedecía. Panelo estaba empeñado en salvar a la señora a toda costa, como si fuera su mamá o alguna de sus tías, y dio patadas y codazos para que le abrieran paso y la subieran a una de las lanchas que habían venido a ayudar. La dejó en una de ellas y empezó a buscar a su novia, sin que nadie le diera razón. Nadie tenía tiempo para razones. Ya habían llegado las lanchas de la policía fluvial y fueron ellos quienes lo rescataron y le dijeron, mirándolo con lástima, que la muchacha tatuada había salvado por lo menos a cinco personas, pero que se había zambullido una vez más hacía como media hora y no había vuelto a salir. Y ya él iba a empezar a llorar o quién sabe qué cuando vino otra lancha, de la policía también, y les dijo que sí había salido y que estaba en el hospital.

Dicen que a algunas personas la vida y hasta la personalidad les cambia por completo después de estos encuentros cercanos con la muerte. No a ella. Estaba tan silenciosa y hermética como antes del naufragio. En alguna parte se había conseguido una pila de revistas de variedades y, acomodada con muchas almohadas en la cama del hospital, las leía de cabo a rabo sin comentar nada, pero con el gesto de quien lee basura y en el fondo lo disfruta, no se burla, se divierte. *Vanidades*, *¡Hola!*, *Semana*, cosas así, que a él lo habrían matado del aburrimiento. Estaba pálida, eso sí.

«Lo importante es no mostrarle miedo», pensó Panelo. «Sea quien sea, es la precisa para un payaso hablador como yo». Estaba feliz de que alguien así hubiera llegado a su vida, lleno de orgullo de la audacia propia y de la de ella, y todo contento por la exuberancia de su propio ser.

# Los niños de la gruta

Salí muy temprano con los niños de quinto de primaria para las cascadas, en la escalada que habíamos venido haciendo cada año desde que estaban en segundo. Sólo iban niños propiamente dichos, pues el colegio no era mixto. Como hacíamos la escalada dos veces al año, en julio y en diciembre, antes de las vacaciones, la mayoría había subido conmigo ya más de cinco veces y conocía muy bien la ruta. La ruta que no existía, pues a las cascadas no subía ningún camino y tocaba trepar de piedra en piedra por la quebrada misma, dando rodeos entre el monte en aquellos tramos en que era imposible subir por el ruidoso cauce. «Otra vez a las mismas benditas cascadas», se quejó Piedrahíta en la que sería nuestra última escalada. Piedrahíta sufría de asma y de soplo en el corazón, pero la mamá insistía en que debía ir a los paseos e incluso le conseguía los permisos médicos. El soplo hacía sentir a Piedrahíta orgulloso y especial. Del asma no estaba orgulloso, pues sufría demasiado. De eso mismo se trata, caballero, le dije. Mire bien y verá que no son las mismas. No miró bien, claro que no. Su dolencia no le daba tiempo para verdades poético-filosóficas, por antiguas y deslumbrantes que fueran.

Iban veintitrés niños, todos ágiles, menos los que habían recibido el llamado de la obesidad o del intelecto. O tenían soplo. Con todos estos subía yo en la retaguardia mientras oíamos a los niños ágiles dar gritos de júbilo como mandriles entre el estrépito del río al escalar las piedras mojadas o amusgadas, muy resbalosas. A los que venían conmigo yo les iba explicando, hasta donde lo permitieran el ruido del agua, el resuello propio y el terreno, asuntos que probablemente no les interesarían demasiado a los gordos ni a los enfermizos, pero sí a los del intelecto. Tal vez. En cualquier caso todos, por cortesía, se mostraban interesados.

Aparte de explicar cosas, mi trabajo consistía en ayudar a los más débiles a cruzar los pasos difíciles. A este niño Botero, por ejemplo, tan suave y delicado que casi convertía el colegio en mixto. A Antonio Piedrahíta, el del soplo, obsesionado y hábil con el dibujo. Y a Vélez, estudiante mediocre pero tremendo lector, a quien tenían sin cuidado las matemáticas y la biología y el escalamiento de montañas, y se apasionaba en cambio por Salgari, fumar al escondido —de mí no se cuidaba mucho— y Tomás Carrasquilla. La mamá, una señora aún joven y en extremo amable, de rasgos muy bellos que le venían probablemente de ancestros sefardíes, era quien le conseguía los libros. También Julio Verne y Daniel Defoe le gustaban. ¿Quién más iba conmigo...? No me acuerdo... Venían, por supuesto, los dos niños del sobrepeso y de la desidia para los deportes, Julián y Julio, que parecían hermanos.

Entre los muchachos había, pues, tres gordos: dos poco ágiles, Julián y Julio, y el otro, José Jorge, muy ágil de cuerpo y de intelecto. Él fue uno de los muertos por las abejas. Excepcional este José Jorge en más de un sentido. Se podría decir que lo tenía todo, aparte de la esbeltez: inteligencia, liderazgo, amabilidad y fuerza. De no haber sido obeso, habría sido grande de todas formas. Era además de buena presencia, como dicen por esos lados. Y tenía mamá de excelentísima presencia, bonita, muy, muy bonita. Magnífico delantero, goleador a pesar de la gordura, así le subieran y bajaran los cachetes y las tetillas al correr, y buen pescador. Nunca sacaba menos de diez truchas grandes en cada pesquería. A veces salía yo con algunos de mis alumnos a la represa y José Jorge era el que decidía la ruta, pues sabía ubicarlas. Papá buenmozo también, a cada cual lo suyo, de una timidez abrumadora, absolutamente callado, tanto que uno se preguntaba cómo había podido declararle su amor a semejante hermosura de mujer y, en general, cómo había podido desenvolverse en la vida e incluso crear una buena empresa y enriquecerse. No sé si aquí esté hablando la envidia, que era casi antipatía, celos. Ingeniero eléctrico, más o menos de mi edad, y también de la Universidad Bolivariana, pero ninguno de los dos recuerda haber conocido al otro en aquel tiempo. Ni el papá ni la mamá de José Jorge eran gordos, y tampoco la niña, la hija, que por algún capricho de la cruel naturaleza había resultado feíta y sin gracia.

Lo que allá en el embalse llaman trucha es el *Micropterus salmoides*, black bass o perca americana. Nada de trucha. Claro que la trucha arcoíris —a quien pueda interesarle— es también de la familia de los salmónidos, pero de esa no hay en la represa.

Yo enseñaba biología. Trataba de enseñarla, mejor dicho, en esta época de celulares, cocaína transmutada en glúteos implantados y collares de oro, lanchas rápidas. No es que el margen de atención haya disminuido entre los niños, sino que se ha enfocado en otras cosas. Soy ingeniero químico, pero me gusta más la biología, que estudié y todavía estudio por mi cuenta. Me llevaba bien con los alumnos. Claro que prefería mantener la distancia, para evitar que se me descontrolaran, cosa que de vez en cuando ocurría de todas formas, pero ellos alcanzaban a percibir que los estimaba y los respetaba y no tuve problemas en verdad graves durante mis años de maestro —sólo uno, es cierto, el final—, que no fueron malos y terminaron así como estoy contando. Cuando el paseo de las abejas era más joven que los otros profesores, y deportista. Alguna vez fui arquero en las reservas del Deportivo Cali, de donde soy, y eso a mis alumnos les gustaba. Jugaba con frecuencia con ellos y me divertía cantidades. Eso también les gustaba.

Llegamos en bus al punto donde empezaríamos a subir. En el camino los niños habían venido cantando rancheras y música de carrilera. El propósito de la excursión era estudiar la forma como iba cambiando la vegetación entre los mil novecientos y los dos mil cuatrocientos metros de altitud. El propósito verdadero era ver cuál de los estudiantes llegaba arriba de primero. Mucho más una carrera que una expedición botánica. Nos bajamos del bus, di un pequeño discurso en el que les decía, entre otras cosas, que en esta excursión observaran con especial atención la vegetación pequeña. Ninguno de ellos lo haría, por supuesto. Ocupados todos en saltar de piedra en piedra sin hacerles caso a golpes y rasgaduras, no tendrían tiempo de observar ninguna vegetación, ni pequeña ni grande, aunque algunos sí investigarían después el tema. Lo pequeño conforma el mar de la vida, dije, y en él nos movemos los mamíferos, frágiles gigantones, mucho más dependientes del océano de lo minúsculo de lo que podríamos pensar. Ahora sí dispárense, señores.

Y se dispararon montaña arriba los señores.

A mitad de la escalada, en uno de los tramos en los que había que dejar el cauce, hay una cueva o gruta, y en cada paseo entraban algunos estudiantes de los que podían perder todo el tiempo de carrera que quisieran, ya que no iban a ganar, sea porque no estaban interesados o porque no tenían esperanzas —y era difícil distinguir unos de otros—. A los niños les gustaba ver salir el humero despavorido de murciélagos, y cerraban los ojos, no fuera que alguno los estrellara. Y se quedaban un rato en el espacio principal de la cueva, salón llamémoslo, serios, sin hablar mucho, sentados en piedras, como si fueran ya viejos. Tal vez sentían que estaban tocando el límite de la civilización, y eso era lo que los ponía tan serios, no sé, o alcanzando las profundidades del tiempo en ese aire húmedo que olía a antiquísimo guano. Yo entré dos veces. Soy alto y me resultaba bastante incómodo recorrer el túnel bajo que lleva de la boca de la cueva al amplio salón principal, donde está la piedra en la que aquellos que suben hoy a las cascadas les ponen flores y veladoras a las fotografías de los niños muertos. Allí habían tratado de refugiarse. Allí las abejas los acorralaron...

Los de la retaguardia seguíamos subiendo con dificultad. Nos sentamos a descansar un momento sobre una piedra gris clara tan amplia que habría podido acomodar a la clase entera. Piedrahíta empezó a quejarse de asma mientras uno de los niños del sobrepeso, Julio, abría su morral y nos preguntaba si queríamos compartir el medio pollo sudado que le había empacado la mamá. No queríamos, no. El niño estaba cumpliendo con la obligación de comérselo, y parecía en problemas. El pollo era de los gigantes, de muslos gruesos, largos y amarillos y una pechuga voluminosa y muy definida y compacta, como si le hubiera faltado cocción. No quise mirar mucho, pero me pareció que las alas conservaban en las puntas algunos de los cañones de las plumas. Los demás niños llevaban papas fritas de paquete y chocolatinas, y para él era siempre difícil disponer del voluminoso fiambre que le empacaba la mamá. Además, lo hacía avergonzar un poco. No faltaban los chistes a su costa, a pesar de que los condiscípulos lo apreciaban y de que en general los chistes eran inofensivos, cariñosos, pero se avergonzaba de todas maneras.

—Alimentate bien, Julio, porque vas a acompañar a Piedrahíta de vuelta al bus y al pueblo. Díganle a Mejía que yo mando decir que los lleve.

Mejía, el chofer, se había quedado abajo en el bus oyendo una etapa de ciclismo.

Es raro ver a un gordo comer con desgano. Dejé que comiera un rato y entonces me compadecí y le dije que, si no quería más, lo echara tranquilo al río, que eso se lo comían los peces. Perderse no se perdía. El revoltijo de papas, arroz, yucas y miembros de pollo desapareció en medio segundo entre las espumas y las piedras que producían mucho estrépito en su zangoloteo y hacían muy poco probable que allí hubiera peces. Ya se comerían el sudado los de la represa, cuando les llegara, por lo menos la pechuga, porque a esa no la desbarataban ni las piedras, y era posible que el torrente tampoco pudiera con las papas y la yuca. En fin. ¿En qué voy? Las cascadas.

Como el ruido inmediato del agua era tan cercano y tumultuoso, las cascadas sólo empezaban a oírse cuando uno iba llegando a la gruta. Nuestra cascada, no muy alta ni muy bajita, y no especialmente caudalosa, sigue siendo una bellísima cascada modesta, sin el sonido bajo y profundo, grandioso, operático, de las cataratas, sino más bien sedoso y sibilante.

—¿Vos sabés lo que quiere decir sibilante? —le pregunté a Vélez—, vos que leés tanta cosita.

—Que sibila.

—¿Como sibilar un tango? No exactamente. Pero no andás tan descaminado tampoco.

—¿Un bolero?

De todos mis alumnos era tal vez el que más atención real ponía a lo que yo decía y era bueno ver cómo algunas cosas lo hacían pensar, lo cual no quería decir para nada que fuera a sacar buenas notas. No hacía tareas, no estudiaba. Pasaba los años perdiendo tantas materias como era posible sin tener que repetir el curso, como si calculara. Me gustó lo del bolero. Sentido del humor sí tenía.

Las cascadas sibilaban cada vez un poco más duro mientras subíamos. Se produjo entonces la gritería de la llegada de los primeros. Los bronquios de Piedrahíta, sibilantes también, empezaron a sonar como un bandoneón, y despaché a los dos muchachos para donde Mejía. Ninguna de las muertes de ese día me queda en la conciencia. Claro que eso es fácil decirlo, otra cosa es cómo uno se sienta. Yo había exigido el permiso médico para que Piedrahíta pudiera venir a la escalada, y su mamá mandó el del muy ampuloso Medina, uno de los dos médicos del pueblo, con firma y texto en letra floripondia y casi ilegible, y sello tan nítido que parecía en bajorrelieve. Más culpable sería Medina, cosa que no dejó de mencionar la gente. Y la mamá de Piedrahíta, claro, que era psicóloga.

Entonces el desastre abrió todas sus plumas como un horrendo pavo real. Sonó arriba una segunda gritería, esta no triunfal sino estridente, y alcancé a oír llamados de auxilio. Grité que qué pasaba, muchachos, pero ellos seguían pidiendo auxilio, y eso fue todo. Ese día perdí cinco estudiantes, contando a Piedrahíta, y fue el principio del fin de mi carrera de docente, que a mi manera había disfrutado...

En el entierro de los cinco muchachos todo el mundo se mostró muy considerado conmigo. Yo soy más bien tranquilo, parejo, que llaman, pero ante esto no había tranquilidad ni parejura que valieran, y me dieron un tranquilizante. Al parecer se me estaba notando, más de lo que yo mismo pensaba, la especie de vértigo que venía sintiendo, y algún alma observadora se había apiadado. La calladera y la tremenda palidez me delataron. Desde la muerte de los muchachos todo lo que se me oía era «sí», «no», «se lo agradezco, señora», «terrible, sí», pero aun para decir eso debía hacer un esfuerzo. Lo que yo de verdad quería era irme a donde pudiera estar solo, emborracharme tal vez, dormir un poco, pero no se podía.

En el entierro, caminando ya hacia el cementerio, con la única que hablé fue con la mamá de Jorge Juan. Sólo a ella le dije algo, pues estaba seguro de que me iba a entender. El gentío era grande, abrumador, y muchos me expresaban su solidaridad y me daban sus condolencias, con abrazo algunos. Hacía mucho tiempo no me ponía corbata, que mantenía en el armario junto con el saco y el pantalón de paño, la ropa de entrevistas de trabajo y ahora de entierros multitudinarios y para mí caóticos.

—No entiendo por qué hablan y hablan de tragedia —le dije, inclinándome hasta sentir su olor y tener su hermosa oreja izquierda totalmente al alcance de mi voz—. Muy duro todo, pero qué más pueden hacer las abejas, aparte de hacer lo que hacen las abejas. Maldad no hubo.

Yo habría querido seguir hablándole al oído y sintiendo su olor, pero ya no tenía más para decir. La conmoción por lo de los niños había exacerbado esa como desgarradura rara que sentía por ella, así pensara yo que no se me notaban ni conmoción ni desgarradura. Ella medio sonrió en plena tristeza e hizo un gesto como para indicar que no podría estar más de acuerdo. Tragedia, pensé, si hubiera sido por algún carro o una bala perdida en algún tiroteo o por alguna bomba, como se dieron tanto en la región durante aquellos años, pero no dije nada.

Y otra vez tuve claro lo distinto que habría sido todo de haber existido para nosotros otro camino, otra manera. Lo cual, pensándolo bien, es lo mismo que decir que si todo hubiera sido distinto todo sería diferente... En fin. Tan cerca y tan lejos, como dicen. Qué se va a hacer.

# Fuera de borda

Tres amigos que acampaban con frecuencia en una de las islas más lejanas invitaron en una de sus salidas a Evelio, hermano mayor de Carlos, el más joven de los tres. Llegaron a la isla, amarraron la lancha a la T de hierro que clavaron firme en la tierra, levantaron la carpa en un sitio donde pegaba menos el viento y encendieron la fogata. Yéferson, muy diestro y seguro de sí mismo, hacía siempre de cocinero; los otros dos amigos, Carlos y Camilo, de ayudantes. Recogieron leña, mataron a la conmocionada gallina, la pelaron y despresaron y pusieron a hervir en la fogata la olla del sancocho. Evelio, que le llevaba tal vez doce años a su hermano Carlos, los miraba trabajar y se servía de la garrafa de aguardiente de dos litros que había traído, además de copas, cigarrillos y una bolsa grande con cervezas.

—Sos hábil, hombre, Yéferson, así estés como una marrana.

Yéferson, que ya por aquel entonces estaba obeso, lo miró de sesgo, sin sonreír.

Evelio partió limones, los roció con sal y sirvió cuatro aguardientes grandes sobre la tabla apoyada en dos piedras que hacía de mostrador de cocina. Mirando las copas de reojo, Yéferson puso una pila de sal en su mano gorda y grande y la esparció sobre el sancocho. Carlos ya estaba picando el cilantro que le ponían justo antes de servir.

—¡Salud, hijueputas! —dijo Evelio—. Háganle —ordenó, y los tres se tomaron el aguardiente. Sirvió cuatro más y los otros pasaron, esta vez no le hicieron. Entonces Evelio dijo maricas tan flojos, se tomó los cuatro uno tras otro y después de la mueca por el limón palmeó con fuerza la espalda de Yéferson y le dijo que este gordo siempre era que cocinaba muy bueno.

Las causas de la gordura de Yéferson eran, digamos, controversiales, y la falta de ejercicio no era una de ellas. Había aprendido a nadar de niño en la represa Calima, de nefasta fama por los cambios de temperatura que acalambran y los remolinos que agarran, no sueltan y arrastran al fondo. Y aprendió bien, pues era dotado. Yéferson perteneció al equipo de natación del Valle del Cauca, uno de los más fuertes del país. Estuvo en él casi dos años, y entonces le diagnosticaron cáncer de colon. Y aquí viene la controversia. Yéferson asegura que su gordura le llegó por los muchos esteroides que le aplicaron cuando le extirparon un segmento de intestino, donde estaba enfocado el cáncer. Esa es una interpretación. La otra es la de algunos médicos que aseguran que la obesidad de Yéferson es por el alto consumo de grasas, azúcares y carbohidratos. Los esteroides engordan la cara y el cuello y producen una especie de giba, dicen, mientras que él es gordo de pies a cabeza, es decir, es un obeso clásico. Yéferson niega acaloradamente esta versión y dice que su consumo de esos alimentos no es mucho y que incluso a veces pasa hambre con la esperanza de enflaquecer un poco. Fueron los jodidos esteroides.

Sigue nadando muy bien, Yéferson, aunque ahora lo hace donde no haya mucha gente. Su estilo en crol y en pecho es impecable, como lo fue siempre, pero se ha dado el caso de que le griten cosas desde la orilla o desde las otras lanchas, «¡llegaron las ballenas!» o «¡ánimo, gordana, vos podés!». También sus dos compañeros de acampada le hacen chistes medio bobos, pero esos no lo alcanzan a ofender.

—Hay que seguir trayendo dos gallinas. Una para Yéferson.

—Muy chistoso. Ja. Ja. Ja. Yo aguanto hambre en la casa, güevón. No voy a aguantar aquí también.

Su jovencísima mujer asegura que él no come dulce ni grasa y sólo de vez en cuando yuca, que le gusta mucho, y a ella le queda motosa como el algodón. Y el médico que la esté oyendo —en alguna visita a las que ella siempre asiste y es quien habla— no dice nada, pero tal vez se le dibuja en la mente la imagen de Yéferson, lejos de amigos y familiares, devorando en algún restaurante poco frecuentado un chicharrón gigante o bebiéndose latas completas de leche condensada al escondido de su mujer, del mundo y de Dios.

Los chistes sobre su gordura seguían por parte de Evelio. Yéferson era paciente por naturaleza, pero ya se le empezaba a notar algo de molestia, cosa que Evelio, tal vez por los demasiados aguardientes, no quiso ver. Ardía fuerte el sol, arreciaba el calor. Los tres amigos se tomaron otros dos ante la mucha insistencia de Evelio y después del sancocho ya no quisieron beber, por más que los insultaran. Durante el almuerzo, que Evelio había pasado con aguardiente y cerveza, sus chistes, como era de esperar, fueron sobre la manera de comer de Yéferson. Traga más que una retroexcavadora, al gordo le gusta alimentarse, cosas así, de las cuales sólo él se reía, mientras Carlos, su hermanito menor, miraba preocupado para el piso.

Evelio fue a la orilla a orinar y Carlos dijo:

—Ayer me prometió que tranquilo, que no iba a beber porque no se quería dañar el paseo, ¡y va y se aparece hoy con una garrafa!

—Vos permanecé tranquilo, Yéferson. No le hagás caso —dijo Camilo.

—No sé... Si me sigue jodiendo, algo va a pasar.

Aquí la playa era arenosa, parecida a la del mar, no fangosa como en casi todas partes en el embalse. Invitaba a meterse al agua. Regresó Evelio de la playa y se sentó, huesudo y nudoso, en una de las sillas de aluminio, al lado de la copa, la garrafa y una cerveza. Se acordó entonces de la existencia de Yéferson, que se había acostado en la carpa a dormir la siesta.

—¿Entonces qué? —gritó—. ¿Sudando toda esa gallina como una hijueputa vaca allá adentro o qué?

—Dejalo dormir, Evelio —dijo Carlos.

—Vos callate. Los menores se callan cuando hablan los hijueputas mayores.

Camilo, el otro amigo, había dejado de hablar desde hacía mucho rato y ahora se había acostado también en la espaciosa carpa, a dormir o a fingir dormir, como huyendo. Carlos, escapando igual que los otros, se fue con su vara a pescar desde los barrancos, de modo que Evelio se quedó con las copas y la garrafa. Y se puso a beber y hablar solo. Si Camilo y Yéferson no dormían sino que fingían dormir habrían oído probablemente la voz de Evelio, ya medio gangosa, diciendo cosas de las que apenas se distinguía la palabra «hijueputas» o «hijueputa», que acompañaba cada una de sus frases borrosas.

—Ahora sí me voy a nadar, manada de hijueputas —dijo entonces en voz muy alta.

Tan pronto se fue, Yéferson salió de la carpa. Carlos se había alejado mientras pescaba, y como la isla donde estaban era mediana tirando a pequeña, acababa de aparecer por el lado contrario del que había tomado para salir.

Evelio empezó a gritar pidiendo auxilio.

Carlos bajó corriendo hasta la orilla, se quitó los zapatos y el pantalón y se lanzó al agua. Todavía medio dormido, Camilo salió de la carpa y vio a Yéferson avanzar a tropezones barranco abajo, como un globo, lanzarse también al agua y empezar a nadar como él sabía hacerlo. La torpeza que se le había visto en su carrera desapareció por completo, ahora era todo velocidad y elegancia. «Es un putas», pensó Camilo sin darse cuenta. Camilo, que había sido criado lejos de cuerpos grandes de agua, era muy mal nadador, o como él mismo decía: «Yo soy muy mal nadador, mejor dicho, no sé nadar».

Carlos trataba de sacar a su hermano, que había entrado en pánico y no se dejaba ayudar. Carlos sabía nadar, por lo menos más que Camilo, pero la natación tampoco era lo suyo. El fútbol era lo suyo. Por un momento, Camilo no logró entender lo que estaba pasando, y entonces pensó «ese pendejo lo va a ahogar». Evelio cada vez chapaleaba más, y Camilo, por mucho que se esforzaba, ya no lograba ver bien la cabeza de su amigo. Menos mal allá va Yéferson nadando como los que saben, pensó, usando una frase muy del gusto de los locutores deportivos. Camilo era un admirador puro. Había nacido para sentir admiración. La que sentía por cierto equipo y ciertos futbolistas era enorme, seguida de cerca por el deslumbramiento que le producían algunos periodistas deportivos, por su perspicacia y facilidad de palabra.

Yéferson llegó muy rápido, pero ya Carlos no estaba. Como Evelio seguía con su chapoteo, le dio un fuerte puñetazo en la cabeza para atontarlo, pues en su desesperación el otro podía llevárselo para el fondo.

Camilo en la orilla se alegró de que Evelio por fin recibiera su pescozón. Yéferson arrastró a Evelio rodeándole el cuello con su brazo gordo y poderoso, como los que saben, y lo soltó en la arena. A Camilo le llegó el punzante olor a aguardiente cuando Evelio vomitó en la playa. Camilo sentía la cara fría, como si no tuviera sangre, y se puso a llorar. Evelio seguía tosiendo y vomitando. Cuando por fin se recuperó empezó a decir «ayjueputa, Camilito, ayjueputa, ayjueputa. ¿Y ahora?». Camilo lo miró sin afecto. Yéferson nadó otra vez hasta el sitio donde se había hundido Carlos y empezó a llamarlo a gritos. En su época de persona delgada Yéferson había sido buen buzo y aguantaba hasta dos minutos bajo el agua. Ahora le quedaba imposible hundirse.

«Como si dando alaridos...», pensó Camilo. «Como si pudiera todavía...».

—Y ahora qué le digo a mi mamá —dijo Evelio—. ¡Qué cagada, Virgen santa!

—Usted mejor se queda callado —amenazó Yéferson, que había regresado y trataba de recuperar el aliento.

Evelio se quedó por fin en silencio. Parecía a punto de llorar.

—Y ni se le ocurra llorar, porque lo acabo.

# Diluvio

Dedicaba sus días y parte de sus noches a cuidar a sus animales y a conversar con la mamá, muy anciana y de mucho carácter. Tal vez porque él mismo hablaba muy rápido, la gente juntaba su nombre y apellido: Jesusarango. Tenía siete variedades de palomas. Le gustaban mucho las palomas-codornices moradas y las blancas de cola de abanico. Los conejos, de los que había también parejas de distintas razas, eran gordos y lustrosos. Jesusarango tenía sentido del espectáculo, y de cada animal trataba de conseguir una pareja de la variedad más grande que existiera, así como de la más pequeña. Además, le interesaban la gallina de patas más plumosas, el gallo de cuello más largo y pelado, la iguana de armadura más compleja y vistosa. Estaban también las muy apreciadas gallinas que simplemente eran blancas y ponían huevos y empollaban, y un perro con algo de san bernardo, ya muy anciano también, que había adoptado Rosa, la empleada, y se dedicaba sólo a comer, oler mal y dormir. Así y todo tenía su encanto, su simpatía.

A sus dos pavos reales les gustaba caminar por los caballetes del techo. Quién sabe si eran de la variedad más grande del mundo, aunque podrían serlo, pues a pesar de su espiritualidad y elegancia causaban con su peso goteras en las antiguas tejas de barro de la casa. Vistos desde cierta perspectiva, la de algún niño de cinco años, eran iguales o más grandes que la casa. Él se mantenía muy orgulloso de sus pavos reales, cuyos trompetazos como de juicio final llegaban a todas las esquinas llenas de sol de un pueblo que justamente quedaría pronto bajo el agua. El macho desplegaba su cola iridiscente y llena de ojos y creaba una sombra amplia sobre las tejas amusgadas y las plantas que habían brotado de las semillas que los pájaros traían. Jesusarango tenía pájaros enjaulados y también sueltos y medio domesticados que lo perseguían a veces por la casa —igual que hacía una pareja de cerdos pequeños, miniatura, que había conseguido hacía ya algunos años—, y además estaban los pájaros del todo libres que vivían en el patio interior y en el solar o en solares y patios de los vecinos, como los carboneros y los colibríes, de los que había casi en exceso, por la cantidad de flores que daban las matas de la anciana: fucsias, copas de oro, lluvias de oro... Como ella ya no tenía fuerzas para ese trabajo, desde una silla le indicaba cómo abonarlas, podarlas y regarlas.

Al salir el sol llegaban siempre las tórtolas, y él les arrojaba por los tejados puñados de maíz que sonaba como granizo.

—¿Les echaste el maíz a las vagas esas? —preguntaba todos los días la mamá desde la cama cuando él entraba a su cuarto con su desayuno en una bandeja.

—Sí, señora. Desayunadas están.

—Sacás esos animalitos de aquí, por favor —decía, y él arreaba sin problemas a los dóciles cerditos fuera del cuarto y cerraba la puerta. Conversaban un rato mientras ella desayunaba. Desde hacía mucho tiempo había gente hablando de la destrucción del pueblo y la de sus alrededores hasta donde alcanzaba la vista. Lo que querían hacer sería como una especie de mar, eso decían.

—¿Un mar? —preguntó ella, escéptica, sin esperar respuesta, que era una de sus muchas maneras de opinar.

Él dijo que lo complicado iba a ser la traída de los manglares.

—¿Manglares? —preguntó ella, esta vez esperando respuesta, pues no se acordaba bien de lo que eran, pero él nada dijo.

Hablaron de la hija de Inés Espinoza, casada con ese muchacho Salazar tan alto y buenmozo, que había dividido en dos su bonita y antigua casa, y hablaron del párroco y de lo descontentos que estaban algunos porque le había dado por intervenir en política y le gustaba la plata. A veces hablaban también de Dios y de otros asuntos casi de ese tamaño, y en lo de Dios y en todo lo demás estaban siempre de acuerdo. Ella terminaba de desayunar, él salía, y allí estaban los dos cerdos esperando.

Las noticias de la inundación se hacían cada día más concretas. Él les prestaba atención, por ser tema que preocupaba a la mamá, pero su interés se mantenía en otra parte. Ya tenía loros de varias clases cuando consiguió una pareja en la que ella era verde tradicional y él tenía cabeza y pecho rojos, cuerpo terracota intenso y cola de un anaranjado rojizo también intenso. «El pobre no sabe lo buenmozo que es», le decía a la mamá, que miraba a su hijo y también al loro con cierta admiración.

Por aquellos días, Jesusarango estaba en la búsqueda de unos pavos reales miniatura, que, según le dijeron varias personas, existían. Se los imaginaba en los caballetes, el macho todo desplegado, la hembra tranquila, los dos del tamaño de palomas.

Fue a la cocina a llevar la bandeja y a decirle a Rosa lo que tenía que hacer. Se lo decía todos los días, aunque fuera lo mismo que había hecho el día anterior. Rosa tenía labio leporino y prefería no hablar. Hacía grillos con las hojas secas de la cañabrava, peces con el aluminio a color de los chocolates, sapos de cartón, patos de papel blanco, gallinas con las latas de las Saltinas —gallinas que a veces caminaban, a veces ponían, a veces escarbaban para alimentar las doce minucias de lata, del tamaño de rosetas de maíz, que se movían en desorden detrás de ella—, escarabajos con los grandes botones que compraba en un almacén de telas, todos ellos, los animales, creados por Rosa en la más profunda soledad, en alabanza de Dios, claro, pero sobre todo por el gusto de hacerlo.

Jesusarango visitó dos pueblos donde alguien había visto los pavos reales miniatura, y no los encontró. En uno de ellos halló, en cambio, unos pollos en los que un profundo color negro azulado se extendía por las plumas, el pico, la cresta, la lengua, las patas y hasta los huesos y la carne, que parecía haber sido marinada en algún tinte oscuro. El señor que los criaba, propietario de un restaurante, lo invitó a un sancocho preparado con uno de esos pollos. El caldo, adornado por el puñadito de cilantro, tenía el dorado brillante usual, pero el contraste que se formaba entre la extraordinaria blancura de la yuca y la carne negra del muslo-contramuslo que traía su plato era notable.

—Esto no se lo puedo servir a la clientela, don Jesusarango. La gente es pendeja y no va a faltar el que diga que le estoy sirviendo sancocho de gallinazo.

—Muy sabroso —dijo él.

Le compró una pareja.

—¿Decís que las menudencias son negras también? —preguntaría la mamá.

—Negras.

—¿El corazón también es negro?

—Como la noche. Y gustoso.

—Él sabrá lo que hace —dijo la anciana, con lo que parecía ser una crítica a la obra divina.

—No es para andar comiendo pollo negro todos los días, mamá, y yo no creo que Él los haya creado para sancocho. Y son una belleza. Ese azul oscuro que parece de metal, metido entre el negro de las otras plumas.

—Elegante sí es. El porte y todo. Y la gallina es muy bonita también, así no tenga plumas azules. Son adorno.

—¿Cierto?

—¿Y los huevos?

—Como de mármol negro.

—¿Y la yema?

—Común y corriente.

La gente empezó a empacar sus pertenencias y abandonar sus casas. Las casitas que les habían adjudicado en el nuevo pueblo eran muy pequeñas y ni bonitas ni feas, pero la gente terminaría por resignarse. Desde que el asunto dejó de ser conjetura y se volvió un hecho, la mamá y él habían dejado por completo de tocar el tema de la inundación, y se movían en sus asuntos como si todo fuera a seguir igual. Rosa, previsiva ella sí, comenzó a poner sus animales muy bien empacados y protegidos en papel periódico, aquellos demasiado delicados entre algodón, y los acomodó en cajas de cartón de las que había hecho acopio pensando en el día en que tiendas y tenderos se fueran del pueblo y ya no hubiera manera de conseguirlas.

Lo difícil fue el traslado de los animales verdaderos —lo cual no significa que los de ella hayan sido falsos—. Como Jesusarango y la mamá habían decidido cerrarle la puerta al problema con el método de no pensar en él, la orden de evacuación les llegó de sorpresa y a través del inspector de policía. Y la sorpresa fue doble, pues el inspector mismo, de apellido Arango, primo segundo de él por línea paterna, les dijo que les habían adjudicado dos casas en el pueblo nuevo y que estaban listas para que se pasaran.

—Yo mejor me ahogo que irme de aquí —dijo Jesusarango.

—Yo sí no —dijo la mamá.

A Rosa ni siquiera le preguntaron. Daban por sentado que se ahogaría o dejaría de ahogarse según lo que decidieran hacer ellos dos con ellos mismos.

—Eso de las casas fue cosa de monseñor Daniel —dijo la anciana. Monseñor Daniel era su hermano dos años mayor. Después del ordenamiento como sacerdote, cincuenta años atrás, ella había empezado a llamarlo padre Daniel, y a partir de su investidura como obispo, monseñor.

—Y para qué te vas a ahogar, hombre. Es mucho el animalito que te cabe allá en las casas —dijo el inspector.

Y a la anciana le dijo:

—Sí señora. Efectivamente fue el excelentísimo señor obispo el que se apersonó de lo de ustedes.

—Excelentísima persona sí es, sí señor —dijo la anciana—. Cuando hablé con él no me dijo nada. Me quería dar la sorpresa. Y vos ¿qué? —le preguntó a su hijo—. ¿Te ahogás o no te ahogás?

Jesusarango no se ahogó, aunque habría querido hacerlo. Habría querido que llegaran las aguas y se lo llevaran en un solo revolcón con gallos, gallinas, perro, pavos reales... No era posible. Ya estaban demoliendo las casas vecinas y él sabía que si se empeñaba en quedarse la policía lo sacaría de su casa a la brava, pues lo que las Empresas Públicas menos necesitaban en estos momentos de tanto descontento y tensión era un mártir. Un mártir rodeado de una enorme variedad de animales, que también serían mártires al ser arrastrados por el envión de las aguas —aguas que en realidad llegarían lentas, apacibles, implacables—. Así que con la ayuda del señor obispo, que sabía velar por el bienestar de su querida hermana y del locato de su hijo, se logró resolver la situación.

Las casas que les adjudicaron se daban la espalda la una a la otra. Para juntar los pequeños solares y darles cabida a los animales sólo había que quitar un muro. Monseñor pensó en todo. La «cabida» que les dieron no era la más holgada, pero era mucho mejor que, digamos, retorcerles el pescuezo a las aves y pasar a cuchillo a los mamíferos. Ahogarlos a todos habría sido lo más práctico, tal vez, pensó monseñor, que se había divertido con el asunto, ojalá incluido el locato de su sobrino. Recordó entonces un poema de Baudelaire en el que una madre maldice a Dios por haberle dado un hijo poeta. La diferencia estaba en que su hermana adoraba a su hijo, que era medio gago y tenía altísimo coeficiente intelectual. No es el mismo caso, no. Voy trayéndolo de los cabellos, pensó el insomne monseñor, autocrítico, mientras caminaba muy despacio en piyama hacia su biblioteca para buscar el poema. Qué le hace. Yo sé lo que quiero decir. Y con el gusto con el que otros oyen boleros y tangos, lo leyó mientras caía la lluvia en el amanecer y en las jaulas del patio los pájaros empezaban a cantar y a saltar en los trapecios.

# Aparecida

Soñé que calles, casas, matadero, puesto de bomberos, iglesia, inspección de policía, parque y palomas habían reaparecido. En el sueño yo estaba en el parque, entre las palomas mirando la maravilla en compañía de María José, mi primita hermana, desaparecida en la represa años atrás, muy probablemente ahogada. Me alegré mucho de verla, e incluso después de despertar se sostuvo por un momento, como la niebla, esa alegría. Teníamos la misma fecha de nacimiento, pero ella era diez años menor. El 16 de marzo habría cumplido treinta y cinco años de nacida y el 20 de octubre, cinco de desaparecida o muerta.

—Quisiera decir..., José —me dijo. Y eso fue todo.

Pocos días después leía la noticia de que el embalse estaba muy bajito a causa de la sequía, seguía bajando y el pueblo iba a reaparecer. Vea usted, pensé. En ese tiempo yo vivía en otro país, y como me pareció demasiada coincidencia adelanté un poco mi viaje anual a Colombia para verlo.

Viajé directamente del aeropuerto, en taxi, al lugar donde quedaba o había quedado el pueblo que fue de mis papás, de mis abuelos y de mis bisabuelos. Llegué a donde mi tía, que me trataba como a un hijo. Vivía en una casa muy pequeña en el nuevo pueblo, la que le dio la empresa a cambio de la grande, de tapias gruesas, que destruyó con la inundación. El ambiente era muy encerrado, por las muchas cosas que ella había querido preservar de su verdadera casa. Los objetos, claro, pero sobre todo la cantidad de plantas que había traído era lo que no dejaba respirar bien ni ver mucho, pues las ventanas estaban tapadas por hojas y flores y en ellas reverberaba la luz.

Me recibió, como siempre, con café, pan y el álbum de fotografías. Lo recorrimos despacio e hicimos comentarios que probablemente fueron los mismos de la última vez que lo habíamos mirado. Cuando aparecía María José nos quedábamos en silencio. Estaba la foto de la carroza en la que iba como primera princesa del reinado nacional y la del último desfile de modas en el que había participado, en Nueva York. Una vez le dije que ella no había quedado de reina porque el jurado se había enterado de que era marihuanera y le gustaba la tapetusa. Se rio, claro. Dijo que la yerba era medicinal, y la tapetusa, el único licor bueno que se producía en este país.

El punto siguiente en la agenda de la tía para mi visita fue la compra de las frutas que no se conseguían en mi país adoptivo, frutas que me tendría que comer, por patriotismo, incluida la guanábana. Mientras caminábamos por la plaza de mercado, hablamos del asunto de la inminente reaparición del pueblo.

Le conté de mi sueño y dijo «¡con razón!».

Entonces encontraron a una mujer en una de las antiguas vegas agrícolas que el receso de las aguas había destapado. No era el primer muerto que aparecía: había otros dos, los dos hombres, uno de ellos todo envuelto en alambre de púas, seguramente para que el cuerpo no pudiera subir a la superficie. A mi tía le entró un desconsuelo hondísimo, se olvidó por completo de mi agenda y ya no paró de llorar. Después de una espera larga, en la inspección de policía nos dijeron que la muerta no era María José, y mi tía regresó rápido de la palidez abisal a su rosado rubicundo normal. «Pobre mujer», dijo, y seguimos en lo nuestro, disimulando mal el alivio, la casi alegría que sentíamos por lo que era ahora dolor ajeno.

Ese día visitamos a algunos amigos de la familia, la acompañé a misa, fuimos a una finquita de las afueras a comprar huevos de campo, fuimos a comprar el empaque de la olla a presión... Como si nada hubiera pasado. Como si no hubieran encontrado nunca los huesitos solos y olvidados de una mujer que había estado quién sabe cuánto tiempo en el fondo del embalse.

El nivel paró de bajar incluso antes de que llegaran las lluvias. Me alegré. No quería que nadie más apareciera. Se habían empezado a formar muy lejos, sobre el valle del Magdalena o quién sabe dónde, gruesos nubarrones negros y resplandecían los rayos, pero no llegaba el trueno. Yo miraba todo con impaciencia. «A ver, a ver, las nubes, qué esperan para venir, mariconas», pensaba. Durante las dos semanas que estuve me dediqué, pues, a estudiar las nubes, a cocinar y a conversar con mi tía. Volvimos a mirar el álbum. Qué tristeza. Yo la deslumbraba con platos catalanes o franceses y me conmovió que en la plaza de mercado le dijera a la vendedora: «Deysi, le presento a mi sobrino José. Él es chef y trabaja en Europa». Sus ojos se pusieron muy brillantes cuando dijo la palabra chef, que pronunció con énfasis.

—¿De manera que vos sos *chef*? —me preguntó Deysi, alta, ancha, de ojos grises-verdes también muy bonitos.

—Qué le vamos a hacer.

Como apiadándose, arrimaron por fin las nubes y cayeron torrenciales las lluvias. Día tras día las aguas se dieron a subir, y lo que quedaba del pueblo, el gran lodazal casi informe que en algún momento había estado a punto de emerger, se hundió otra vez en el vacío.

# Árbol

Hay cosas que me gustaría no recordar tan claro. Lo pálida que estaba mi mamá cuando se iba a morir y cómo se sonreía es una de ellas. Lo primero que hacía yo por la mañana desde muy chiquito era contarle lo que había pasado con el naranjo por la noche, y siempre tenía algo, bueno o malo, para decirle: había asomado el primer botón o habían aparecido los tremendos picudos, blancos, gordos, casi del tamaño de cucarachas y que dejan todos comidos, como por cucarachas, los bordes de las hojas, o el detergente había barrido con todos los pulgones por mucho que se escondieran. Es que esa fumigadora tiene una presión ni la berrionda. Es de cobre y yo la mantengo brillante. Es de cuando mi papá tenía finca, teníamos, y vivíamos allá, de la época del naranjo, y ya no se usa porque ¿dónde? De esas ya no las hacen. Ahora son de plástico.

Aquel día fui a contarle que el naranjo había empezado a florecer y ahí fue cuando vi lo blanca que estaba. Yo tenía diez años, el menor de tres hombres y tres mujeres, y mi papá puso a Leonor, por ser la mayor, para que se encargara. Ahora le cuento es a Leonor las cosas que pasan con todo. Eso fue hace cuatro años, dos meses y diecisiete días. Yo tenía la camisa de cuadros rojos cuando la vi tan pálida.

—¿Cuándo se murió Bolívar? —me pregunta Ramiro, el que le sigue a Leonor. Yo le digo la fecha.

—¿Hace cuánto se murió Bolívar?

Yo le digo los años, los meses, los días y las horas.

—¿A qué horas?

Yo le digo la hora. Es que me sé todo sobre Bolívar.

Los amigos de Ramiro me miran como sin poder creer. Los amigotes, dice Leonor, porque a ellos les gusta es beber y hacer ruido. Otra cosa que les admira de mí es que puedo ver cositas chiquitas desde muy lejos. Ellos escriben, digamos, un número en un cartoncito y lo ponen, por ejemplo, a dos o tres cuadras de distancia y yo se los leo clarito. Ahora sacale la raíz cuadrada, me dicen como por cumplir, porque ya ni lo comprueban con calculadora, yo no fallo.

Mi papá sembró el naranjo cuando yo nací. Abría las tres ramas —eran cuatro, podé una— como, digamos, a la altura de mi rodilla, y ya tenía el tronco allá abajo grueso como esta pierna cuando nos fuimos. Y se abría lo más bueno de ahí para arriba y se llenaba de naranjas, muy dulces, seguramente por lo mucho que yo le trabajaba. Aquí en la casa nueva hay otro naranjo en el solarcito, pero a ese ya no lo cuido. Es que me cansé de cuidar naranjos que se inundan.

Me gusta mucho el *que* galicado. Está prohibido, pero yo no le veo nada de malo.

Mi papá es médico y una vez le oí decir que lo mío era como nacer con ojos verdes. En el colegio me va muy bien en Historia y Matemáticas. En otras materias soy muy malo, pero malo, malo. Los profesores no entienden. Los otros niños al principio me molestaban, pero después se acostumbraron. A este lo que le gusta es hablar sobre Bolívar, decían de vez en cuando, y de ahí no pasaban. Me tocó pelear una vez, con Gabriel, y nos dimos muy duro, pero después nos hicimos amigos. Cuando estábamos en el colegio viejo él bajaba en bestia de la finca donde vivía y la dejaba en una pesebrera de un primo suyo, que se llamaba Cataraín Villegas, que me caía mal porque pensaba que yo era menso. Era de los que creían que pesaban más porque pisaban más duro. Pero no. Si uno pesa sesenta kilos, como yo, va a pesar lo mismo si pisa duro. Pura lógica. Todos esos Villégases también se quedaron sin finca. Villegas, yo sé, pero me gusta en plural. Traía unas mandarinas muy grandes, Gabriel, y dulces, y las repartía entre todos. Imagínense, «Cataraín». Como Caín pero peor. ¿Menso yo? Gabriel ahora vive en una casa como la de nosotros, por el barrio Conquistadores, al frente de la cancha. Los dos estamos en cuarto de bachillerato, en el mismo salón del colegio nuevo, que es todo moderno.

Cuando entro al cuarto de Leonor me persigno frente al cuadrito de la Virgen de Guadalupe, que a ella le gusta porque está toda apacible entre los rayos del sol. La Virgen de Guadalupe se le apareció en México a un indio que se llamaba Juan Diego Cuauhtlatoatzin. Bonito nombre. Mucho mejor que Cataraín Villegas. Leonor me dijo una vez que le ofreciera todos mis sufrimientos a la Virgen de Guadalupe y le dije que yo casi no tenía sufrimientos. No sé por qué le dio risa. Tuve al principio el sufrimiento de la molestadera, pero mis condiscípulos vieron los problemas de aritmética que yo era capaz de resolver y se admiraron. Claro que a la larga yo no resuelvo nada. Tampoco es para tanto. Eso como que se resuelve siempre solo.

—El Libertador recorrió seis mil kilómetros a caballo, como tres veces lo que anduvo Napoleón a caballo.

—Vos siempre es que sabés mucho de Bolívar, eavemaría —dicen mis compañeros—. ¿Y dónde es que averiguás tanta cosa?

Puros *ques* galicados.

Los picudos del naranjo son astutos. Yo los buscaba entre las hojas y no era sino medio tocarlos y se dejaban caer al suelo y se perdían entre el pasto. Yo no conozco a ningún otro insectico que se deje caer de esa forma. Uno ya lo va a coger cuando el animal se desploma ¡y vaya encuéntrelo para aplastarlo contra una piedra! Se desaparece.

Y un día el agua comenzó a bajar. Era de lo único que hablaba la gente, que el agua no paraba de bajar, por ese verano tan berriondo que hubo desde diciembre hasta junio. La gente es habladora. Entonces mi papá dijo que caminen, vamos a ver si se destapó la finca. Hicimos sánduches y trajimos gaseosas y de todo para comer en el piso de pasto, sobre un mantel, como le había gustado a mi mamá, que estaba tan pálida aquel día que yo me había puesto la camisa y después hubo que llevarla al hospital, en Llanogrande, del que ya no volvió a salir. Porque a ella le habían gustado eran las cosas buenas, decía mi papá, y yo pensaba que a nadie le gustan las cosas malucas. Es mi parecer. Hay detalles que se me quedan y me ponen a cavilar. Pero cómo le digo eso a mi papá. Ni riesgos. Él no se va a poner bravo, él nunca se pone bravo, pero hay veces que lo mira a uno como si estuviera cansado y lo deja a uno intranquilo.

Fuimos entonces a ver la finca. Veinticuatro minutos en carro pensando yo en el árbol, el que se había sumergido, porque el otro, el de ahora, me tiene sin cuidado, pobre. Que se defienda como pueda. Antes de que se inundara, aparte de la antracnosis, al naranjo no le había dado nada serio, había sido muy sano. Picudos, de vez en cuando, pero esos yo se los quitaba a mano, cuando los lograba agarrar. Deben tener su esqueletico, porque uno siente que algo se quiebra cuando los aplasta. Si no hubiera sido por que se comían los bordes de las hojas yo los habría dejado tranquilos, pero hay cosas que hay que hacer y listo, se hacen y ya.

Lo de la antracnosis sí fue muy grave. Mi papá y yo le echamos de todo, oxicloruro, mancozeb, trichodermas y al fin nunca supimos cuál de todos esos funcionó, el caso fue que no se le volvieron a caer los botones ni las flores y se llenó otra vez de naranjas. Eran grandes y muy apretadas. Ombligonas. A mi mamá yo se las llevaba en cascos y siempre decía que eran las más dulces que había probado en la vida. Y las más perfumadas. Gracias, Domingo, mijo. Nunca me dijo Dominguito, como los otros. Mi papá tampoco. Mi mamá no era de besuqueos ni nada. Mejor. Tampoco yo tengo gusto por las meloserías. A mí no me gusta que me toquen siquiera.

Yo nunca había visto el embalse tan bajito. Puros barrancos pelados, y las ramas de los árboles que se habían sumergido hacía ya tanto tiempo salían del agua tiznadas, como si fueran de carbón, y retorcidas. Y habían aparecido en los barrancos unas piedras raras, muy grandes y descascaradas como cebollas. La diferencia de presión las revienta despacio, dijo mi papá, por gigantescas que sean. Por ejemplo, había una piedra que Leonor decía que parecía haber reventado como una rosa. Una rosa del tamaño de una alcoba. Todo parece de otro planeta, dijo mi papá en el preciso momento en que yo estaba pensando lo mismo. Esas cosas me pasan con él. Él no sabe.

El mantel no lo quisimos ni siquiera tender, y comernos los sánduches, menos. Ahí estaba la finca, toda empantanada. Allá arriba, en la dirección de la Piedra, hubo un tiempo un guayacán de los que florecen amarillo. Estaba en un alto que no inundaron, pero ahora ya no quedaba ni rastro, claro, porque ese lo habían cortado por la madera antes de la inundación. No le convino crecer tanto. Los árboles son los seres vivos más grandes de la Tierra, pero mi naranjo no había sido tan grande tampoco, y como ahora el agua estaba tan bajita se veía casi todo menos la parte de abajo. Quedaban todavía las tres ramas principales, todas tiznadas y tiesas, pero las de arriba, con las ramitas cristalosas de lo puro nuevas que les brotan y todo, ¡tan verdes!, esas ya no estaban.

Entonces les dije a mi papá y a los otros que mejor nos fuéramos y resultó que todos nos queríamos ir y nos fuimos, que hasta risa nos dio, y ahora me gustaría ya no acordarme de esas cosas, si se pudiera. El olor de las flores del naranjo. La finca. La sonrisa de mi mamá. Si uno empieza ya es muy difícil parar. Mejor no.

# Más cenizas. Y titanio

Su papá se murió más bien joven, por la mala vida que había llevado. Setenta tenía. Qué hombre para gustarle beber.

Ellos lo hicieron cremar, como él había dicho, y en la funeraria les entregaron la urna y además un paquete más bien pesado. La cadera. «¿Estos son los herrajes?», preguntó Carlos, su marido, que a veces se las daba de chistoso, pero el señor serio que les entregó la urna y el paquete no celebró nada. Carlos cargó la cadera hasta la casa y ella la urna. Y al mismo día siguiente fueron con las cenizas hasta el puente.

Carlos no había querido para nada a su suegro. Su mamá, su hermanita Yolandita y ella eran las que lo querían, y eso que no fue poco lo que a las tres les tocó bregarlo. Los hijos hombres se hacían los de la vista gorda, pero ella sabía lo que sentían, lo mismo sus cuñadas. Salieron para el puente y Carlos agarró el paquete con la cadera de titanio como si igual la fueran a aventar al agua. Yolandita también estuvo, claro, y su mamá habría ido si no estuviera ya muerta. A los demás no les quisieron decir nada. ¿Para qué? «¿Y a vos quién te dijo que llevaras eso?», le preguntó ella a Carlos, y él puso su cara de menso. Cuando lo agarraban cortico, Carlos parecía tener su sonsera, y a ella ¡le daba una rabia! Lo que más la encrespaba era que él sí tenía su sonsera, pero se sabía hacer el que era todavía más sonso. Quedaba casi de babero, qué pecado. A veces la bobada la hacía reír a carcajadas, otras veces se ponía como una fiera. La cosa fue que salieron con sólo la urna y la aventaron al agua en el puente, o Carlos la aventó, mejor dicho, de una, sin destaparla ni nada y sin siquiera preguntar. Era una urna muy bonita. Cuando le vio a ella la cara de sorpresa y de rabia, puso la suya de bobo. No había que botar el frasco, pendejo, le dijo, sólo lo de adentro. Entonces la agarró el ataque de risa y a él peor. Pasaban los turistas en sus carros, porque era sábado, y se quedaban mirando.

Pusieron la cadera en el cuarto de las herramientas, en el taller, mejor dicho, donde el papá de ella se iba a beber y oír música vieja a veces, y a lidiar con el motor de la lancha, que era viejito y se le dañaba cada rato.

—Papá, no es raro que no duren los arreglos —se atrevía a decirle ella, que era la única que de vez en cuando se le enfrentaba—. ¡Si los hace borracho...!

Su papá se emborrachaba prácticamente todos los días, y fue preciso en una de esas cuando de vuelta a la casa lo agarró un carro. Se salvó de milagro, porque Dios cuida a sus borrachos, pero hubo que ponerle cadera. Le tocó dejar de tomar un tiempo largo, por los antibióticos, y no se aguantaba ni él mismo. Después el titanio se le empezó a acomodar bien y le dolía menos. Vuelta a beber. Una vez, ya con su cadera, lo agarró ahora una bicicleta, pero no le quebró ni le desacomodó nada. Se paró como tan campante y hasta le ayudó al ciclista a levantarse.

Ella quedó intranquila con esos huesos en el taller, metidos en su bolsa. Porque eran los huesos de él, qué más iban a ser, así no fueran de hueso sino de metal. Las cosas no son como se llamen, piensa, son como son. Y una noche, más o menos dos meses después de haberlos descargado allá, creyó oírlos sonar.

En el desayuno no quiso decirle a Carlos que los había oído. Le dijo en cambio:

—¿Y qué tal que les dé por sonar?

—¿Sonar quiénes?

—Pues los huesos, quiénes más van a ser.

—¿Sonar?, ¿cómo así?

—No sé. Sonar, sonar. ¿Ya no sabe lo que es sonar?

Carlos puso cara de que no sabía bien lo que era sonar y ella respiró hondo. Hay cosas para las que uno no cuenta sino con uno mismo si se quiere defender, o se enloquece, piensa.

Los huesos no hacían ruido todas las noches y casi nunca de día. Pero así y todo ella se fue desesperando, hasta que un día dijo:

—Caminá, Carlos, botamos eso al agua.

A todo lo que ella proponía él siempre contestaba «mañana».

De manera que al otro día fueron al mismo puente por donde habían aventado la urna. Y de pronto Carlos dijo:

—Acuérdese de que esto es titanio.

—¿Y...?

—El titanio es caro.

—¿O sea...? ¿Vos los vas a vender?

Se tuvo que sentar de la risa y él se contagió. Algo había con ese puente, pensaba ella, porque cada que iban se morían de la risa. Cuando se serenó, ella misma agarró el paquete —le pareció pesado: nunca lo había soliviado— y lo lanzó al agua, que se lo tragó como si el embalse no tuviera fondo. La represa llevaba más de tres años en su nivel máximo y ya se les había olvidado lo mucho que podía bajar.

A ella no le tocó, pero cuentan que una vez, hacía como veinte años, había bajado tanto que volvió a aparecer la iglesia.

Aprovechó que los huesos ya no estaban y le pegó una arreglada a fondo al cuarto de las herramientas, al taller del papá, mejor dicho. Y botó o regaló muchos estorbos que él había mantenido. Qué hombre para gustarle guardar basura. Y siguió con la casa, porque se embalaba y ya no quería dejar de seguir limpiando y acomodando. Carlos decía que cuando ella se ponía a limpiar él mejor se iba, porque terminaba ofreciéndose de ayudante y, como a ella se le había metido en la cabeza que él era estorbosito, mal ayudante, lo sentaba por ahí, donde no se atravesara demasiado. Sabés qué, le decía, sentate allí de aquel ladito y me conversás, y entonces él se ofendía y más bien se iba a jugar billar con los amigos del pueblo y a echar chismes con ellos, porque él no bebía. Menos mal, piensa ella. ¿Se imaginan todo menso y además borracho? En cambio, Yolandita se esconde. La niña es especial y se pone como nerviosa cuando la ve tan acelerada limpiando. En vida de la mamá, cuando ella hacía oficio, se metían las dos en el cuarto que ella les dijera y se ponían a jugar parqués. Yolandita puede que no sea buena para aprender, piensa ella, ni leer ni nada, pero es una fiera para el parqués.

Entonces llegó el fenómeno de El Niño, que fue tan bravo ese año, dejó de llover prácticamente del todo y el nivel del agua comenzó a bajar. El punto donde habían echado los huesos y el pote con las cenizas era muy profundo, y por eso ellos todavía no se preocupaban. O no se preocupaba ella, mejor dicho, porque Carlos no le echaba cabeza a cosas de esas ni a ninguna otra cosa.

Bajaba el nivel y los barrancos se pelaban y se ponían amarillos, y las partes pandas quedaban cenagosas y les empezaba a brotar el pasto. Aparecían cosas, marcapasos, cañas de pescar, anclas, hasta muertos aparecían cuando bajaba el nivel, pedazos oxidados de bicicletas, cascos de moto... Iban al puente a cada rato a mirar qué tanto seguía bajando el agua, por aquello de la cadera, y ella se empezó a asustar. Ya barcos grandes no podían navegar por ahí o se quedaban pegados. Ahora todo eso abajo era como una ciénaga y ya ni canoas flotaban. Ella sabía lo que iba a pasar, estaba segurísima, y preciso, un día vio algo como brillando entre el lodo. Carlos corrió a la casa por el cogefrutas, pero resultó muy cortico. Entonces corrió otra vez y trajo una vara larga y fuerte de bambú y se la amarró bien a la del cogefrutas, que también era de bambú. A él la cabeza no le daba para mucho, o eso le parecía a ella, pero con las manos era un mago. Y díganselo a ella, jajajá, lo malpensada. Fueron con el cogefrutas alargado a la orilla y Carlos se descalzó y remangó y se metió con la vara al fango, no mucho porque los huesos tampoco estaban lejos y además le daba miedo que el barro se lo tragara. Agarró de una la cadera. La descargaron en la orilla seca, toda llena de barro y raíces. Faltaba una tapita, también de titanio, y siguieron escarbando y removiendo, pero no era fácil, porque el cogefrutas había quedado demasiado largo y era complicado de maniobrar. Lo que sí apareció fue la urna. Había sido negra y dorada, bonita, y ahora era toda color barro.

—¿La dejamos o la sacamos? —preguntó Carlos—. Parece una tortuga, ¿no?

—¿Cómo que la dejamos? ¿Estás loco? ¡Hágale!

Y Carlos le hizo. No había manera de engarzarla en los ganchos anaranjados del cogefrutas, como la cadera, de modo que la fue arrimando poco a poco, con esa maña suya, hasta que pudieron echarle mano. Estaba toda babosa de lodo y ella fue hasta donde ya había pasto y la limpió lo mejor que pudo y la puso al lado de la cadera, que también había estregado bien en el pasto.

—Falta la como tapita de la cadera —dijo.

—¿La como tapita? ¿De la cadera? —preguntó Carlos y puso su cara de menso.

Los ojos amarillos de ella brillaron con mucha fuerza.

Carlos sabía bien que la tal tapita faltaba, pues hacía un momento la había estado buscando, pero ya le daba pereza buscar más o pensaba que esa no la iban a encontrar, quién sabe. Cuando vio el gesto de ella, comenzó a buscar otra vez y la encontró ahí mismo. La sonrisa no le cabía en la cara.

Volvieron a llevar todo al cuarto de las herramientas.

—Hasta muerto le dio por joder —dijo entonces Carlos—. Se nos vino otra vez a cagarnos la vida —dijo, y ella no opinó nada ni puso ninguna cara, porque en eso a él sus razones no le faltaban.

Pero ¿qué más podían hacer? Ahí había querido estar su papá, y ahí estaba. ¿Que ella se ponía contenta con su regreso?, pues no, tampoco iba a decir eso, pero el papá es el papá y así es como es. La preocupaba eso sí que fuera a comenzar otra vez el retintineo aquel por las noches, que le había dado tanta desazón.

Por unos días pensó que hasta se había logrado resignar a que él otra vez estuviera en la casa a toda hora, lo malo era que no podía dormir por esperar a que empezara a repicar para complicarle la vida.

Nunca sonó.

Malpensada que era. No había sido justa con él tampoco. El pobre. Su papá quería nada más estar otra vez todo junto, natural. Eso era todo.

# La mujer de Justo caminaba así

*Se secó la flor de mayo,*
*se secó la flor de abril*
*son recuerdos de mi esposa*
*que dejó antes de morir.*

MARCO ANTONIO VELASCO

*En resumen, no sólo las cosas no son*
*lo que parecen,*
*¡ni siquiera son como se llaman!*

FRANCISCO DE QUEVEDO

Yo vi a Justo en el ataúd. Parecía triste. Él era trigueño, pero se veía amarillento, como si tuviera ictericia. Y sus razones había tenido para quedar así. El cianuro, naturalmente, y lo de ella, que según ciertas personas fue tan mortal como el cianuro. Las razones verdaderas no terminamos de entenderlas. No se dejan enfocar bien. Ella fue mujer refinada y amante de la buena vida. Educación bilingüe, francés, no inglés, vajillas de plata, una finca hermosa en la represa, decorada por ella con estética hasta repugnante por lo exquisita, que Justo heredó de sus padres y ellos de sus abuelos y bisabuelos, y una casa bastante bonita aquí en Bogotá, cerca del Parque Nacional, comprada según el gusto de él, sobrio, impecable, el mismo gusto con el que se vestía, y perjudicada también por la decoración superrefinada y antipática de ella. A mí me valen un culo las vajillas de plata o los paseos cultos por Europa, a los que era tan aficionada y que Justo detestaba. Para mí refinada es una mochila arhuaca a la que se le ve ahí mismo la perfección que dan la repetición, el afecto, el tiempo. Refinadas son esas aldeas africanas de techos de palma y paredes de lodo pulido pintadas con colores vivos. «Ay, esta sí que es grosera», me dicen mis amigas y mis primas. «No siempre», contesto. «Sólo cuando amerita». Y como el planeta está hecho una mierda, amerita mucho. O les digo que yo hablo la lengua de Quevedo. «¿La lengua de quién, querida?». La mujer de Justo no hablaba la lengua de Quevedo. Todo lo contrario. Nunca decía nada negativo ni remotamente brusco, y tampoco tejía chismes. Era magnánima y de mucho tacto. Es mejor desconfiar de la gente que jamás habla mal de nadie, pues podrían estar tapando como con tierrita las cosas malas de la vida y de ellas mismas. Menos de un año después de muerta su mujer, Justo se enteró de que no había sido tierrita simplemente con la que ella había tapado sus cosas sino tierra a volquetadas. Según algunos no fue su muerte sino lo que se supo de ella lo que lo llevó a la depresión profunda y al suicidio. Yo pensaría ahora que tal vez sea que hay gente que nació para matarse y que Justo era uno de ellos, pero mejor no lo pienso, para que mis probabilidades de equivocarme sean menos, aunque todavía muchas. De todos los «él nació para», este es el peor, siendo todos malos: nació para poeta, nació para médico, nació para fumar marihuana. ¿Por qué crear semejante cerrazón? Por lo menos tengamos en cuenta a la mujer en este caso. Total, ella hizo todo lo posible para acelerarle el destino, y fue, mientras estuvo viva y sobre todo después de muerta, la persona que con más fuerza lo arrastró hacia su final. Recuerdo la vez que fuimos a almorzar a uno de esos restaurantes del norte de Bogotá donde consideran elegante servir porciones escasas, siempre caros, casi siempre buenos. La mujer de Justo estaba en su elemento. Allá iban actrices de teatro, periodistas famosos y de buena familia, modelos. Las actrices, talentosas. Los periodistas, brillantes, del tipo de los que son rebeldes y críticos sin que los maten o desaparezcan, como les toca a los de familias menos buenas, por brillantes que sean. Mi risoto llegó como lo esperaba: excelente, mezquino. Y también había los que parecían periodistas famosos y las que parecían actrices famosas, pero eran sólo periodistas y actrices a secas, todos del jet set de un país del tercer mundo, mal administrado desde siempre por aquellas mismas familias, apoyadas por sus generales, y estos, a su vez, respaldados por sus paramilitares. Y los meseros hablaban fino y «se permitían sugerir» los platos que consideraban especiales de ese día... Pero mejor seguir con Justo y su mosca muerta. Hasta el suicidio es tema más grato y menos violento que la política. Y aquí ameritó ponerse tan grosera como uno sea capaz, por el asesinato llamémoslo *post mortem* que cometió la hija de puta solapada esa. Con su caminado tan atractivo, sensual incluso, a pesar de lo recatado... Justo se emborrachó y cantó *Las rejas no matan*. En general hablaba menos de lo necesario, se sonreía poco y nunca, en sano juicio, se reía a carcajadas. Con tragos se reía demasiado y cantaba, después se entristecía y lloraba. Por eso casi nunca bebía. Y tenía muy bonita voz, bonita como él, que era igualito a Marcello Mastroianni, decía yo, y tenía en su gesto esa misma melancolía. «¿Marcello quién?», preguntaban. Hay gente que es demasiado ignorante, la verdad. ¿Cómo no van a saber? Brutas es lo que son. Unas putas tapias. Mejor habría sido que Justo no hubiera tenido semejante voz. Eso empeoró todo. En ese restaurante no estaban acostumbrados a que los clientes rompieran a cantar, y menos rancheras mexicanas y menos *Las rejas no matan*, y menos en semejante belleza de interpretación. Un hombre desde la cárcel le reprocha las infidelidades a la mujer que lo llevó a estar preso. *Si hasta en mi propia cara coqueteabas, mi vida, qué será a mis espaldas. Y yo preso por ti*, decía. Casi con el poder de Javier Solís. *¿Qué rumbo tomaste, mi vida, qué puerta a tu paso se abrió?* En su momento pensé que la canción misma no significaba nada, que había sido sólo un disparate, como todo lo que pasó esa noche, con revuelo de los meseros, que no sabían cómo responder a semejante situación. Era rarísimo oír en ese sitio, que de haber sido una pizca más exclusivo habría tenido que cerrar mientras llegaba la realeza europea, rarísimo oír aquella hermosa voz cantando con ese estilo suave suyo, ese afelpado que sólo logran las voces muy poderosas, diciendo que unos guardias le habían dicho que ella era ya una perdida. Por fortuna Justo no cantó más esa vez y ni siquiera la canción completa y eso a volumen más bien bajo. Era como si, enviado ya el mensaje, no resultara pertinente terminar la canción. A fin de cuentas nunca fue persona que le gustara cantar por ahí cada rato. ¿Que a los que saben cantar como los dioses les gusta cantar? No a todos. No en su caso, por lo menos no en público. Él mismo me habló de eso. Cantaba cuando lo agarraba la melancolía o esa alegría suya tan infrecuente —y no la llamemos opaca, más bien sombría—, siempre para él mismo y cuando ella no estaba. La mujer se mantenía más en Bogotá o vaya usted a saber en qué lado, y fue sólo algún tiempo después de muerta cuando se empezó a saber en qué lados precisamente había estado. «No me gusta cuando se va y tampoco cuando vuelve», me dijo Justo un día. No era chiste, el sentido del humor nunca fue su fuerte. No quiero decir que Justo hubiera sido aburridor, pues yo lo quería mucho, pero era serio a morir, qué pesar. Literalmente. Fue mi primer novio, los primos son los primeros novios, y después, como un hermano. Casi me muero cuando supe que se había... Mejor hubiera tomado barbitúricos. El cianuro es para perros rabiosos y nazis. Todavía se me forma un taco en la garganta... Al cantar Justo su trozo de *Las rejas no matan* vi con más claridad que nunca la profundidad de su infelicidad. Mejor llamarlo «desdicha» y ni sabría explicar por qué... Ni sabría decir tampoco cuánto tiempo pasó entre aquello del restaurante y el comienzo de la enfermedad de ella. A mí a veces los tiempos se me enredan. Cosas que yo juraría pasaron hace no más de dos años resulta que pasaron hace diez. En todo caso salimos esa noche los cuatro del restaurante, un tal Mario Fernando, amigo de ella, sin nada de gracia —probablemente uno de sus amantes—, ella, Justo y yo, y entre el Mario Fernando y yo logramos meterlo en el carro y llevarlo a la casa. Si hay algo a lo que no le tengo paciencia es a los detalles de enfermedades, síntomas, tratamientos, pronósticos y demás. El lenguaje médico me da malgenio. De la leucemia sólo sé que es un cáncer y que hay un aumento descontrolado de los glóbulos blancos. Mejor dicho, no sé nada, porque ¿cómo así «descontrolado»? ¿Y qué es un «glóbulo blanco»? O cuando uno dice con mucha seguridad que alguien se murió de septicemia o de esclerosis lateral, ¿sabe de lo que está hablando? ¿Tiene la más remota idea de lo que le pasó a esa persona? ¿Por qué «lateral»? A la mujer de Justo de pronto le empezaron, pues, a aumentar los glóbulos blancos. Se puso flaca y descontroladamente pálida, le dieron llagas en la boca. Fue un asunto largo y tortuoso, con la mujer acentuando siempre los rasgos de melodrama que tuvo su agonía de principio a fin. La enfermedad era verdadera, con médicos verdaderos y quimioterapia verdadera y, sin embargo, daba la impresión de enfermedad de telenovela. La oportunidad de ser el centro absoluto de la atención y de hundir del todo al demasiado solícito Justo en esa especie de vasallaje al que lo sometía su amor por ella era para esa mujer más importante que la muerte misma. «Amor, un vaso de agua». «Te dije que la levantadora azul, la azul, no la verde. Bobito». Y nadie podía decir que mejor dejara que lo hicieran las enfermeras, pues al fin y al cabo si algún deber tienen los maridos, aparte de los tradicionales, es el de atender a sus mujeres en sus lechos de muerte. Hundirlo lo logró de sobra. Ella que se muere y el hombre que se derrumba. La gente que se derrumba casi siempre necesita en quien confiar sus asuntos y a mí me cayó ese papel. Muchas veces me ha tocado en suerte. Creo que nací para confidente. No juzgo a los que me confían sus secretos, no me río de ellos, no soy chismosa y sí curiosa, y en el fondo me importa poco que me digan mentiras de vez en cuando o que todo de arriba abajo sea una cadena de mentiras. Pero ser confidente es un privilegio dudoso, a fin de cuentas, pues casi siempre te inundan con un manglar de información, parte verdadera, parte inventada, y se forma una maraña de hechos, sospechas y opiniones que enredan a cualquiera. Todo termina pantanoso. Justo supo casi dos años después del entierro, y cuando a duras penas había alcanzado a recuperarse y uno empezaba a ver que todavía no se iba a matar, que las infidelidades de la muerta habían sido cientos. Y aunque él me dijo que nunca había tenido ni la más vaga sospecha de que algo así estuviera pasando, yo tengo mis dudas. Ninguna mujer es tan promiscua, tan puta, digámoslo, sin razón alguna. No digo que la mujer sea un ser fiel. Mentiría. Y el hombre mucho menos, y ya es bastante decir, aparte de Justo, claro. Más fiel que perro embalsamado, como dicen los chistosos, y ese pudo ser parte del problema. Para plantearlo de una buena vez, hay la posibilidad de que la extrema fidelidad y seriedad y lobreguez del pobre Justo hayan llevado a la difunta pendeja esa a desbarrancarse del todo en la putería. En fin... La vida es para vivirla y también la muerte, no para entenderlas. El que quiera entenderlas se mete en un berenjenal y en él está metido el género humano. Por eso nos vamos a extinguir. También a ella la vi en su ataúd, que habían puesto entre una niebla de azucenas blancas en la sala de su casa de Bogotá. Los de la funeraria arreglaron muy bien el cadáver. No digo que pareciera virgen —y todo esto lo pienso ahora, pues de la extrema arrechera o ninfomanía aún nada se sabía—, pero sí parecía una santa de esas más bien severas, como uno se imagina a las santas que justamente no son vírgenes. No todas son vírgenes. El cadáver de Justo me daría mucha tristeza. El de ella me produjo escalofríos. La habían pintado y arreglado con tanto esmero que parecía viva. Como uno de esos milagros en que el santo permanece igual, no pierde los colores y nunca se pudre. La habían manipulado y pintado tanto que no se podía decir, como se acostumbra, que estaba igualita. La sonrisa que le pusieron era tan falsa como la que había tenido en vida, pero distinta. No encantadora, rígida. Justo se derrumbó en el velorio, pero nada aparatoso, al contrario, silencio total, no miraba a nadie, no lloraba, no contestaba lo que le preguntaban, no quería café, no quería comer, se tomó dos tranquilizantes fuertes que habrían dormido a un caballo, pero no le hicieron al parecer ningún efecto, cosa que dejó admiradas a las dos enfermeras vestidas de blanco que la habían cuidado hasta su muerte y ahora lo cuidarían a él por un tiempo. No mucho tiempo.

En vida de Justo fui sólo una vez a la finca. Otra cuando finalmente se mató. La primera para conocerla y quitármelo de encima, porque no paraba de invitarme. Por fortuna ella no estaba, y él me mostró sin interferencias los jardines de heliconias y los frutales, y me señaló lo hermosa que se veía la Piedra al fondo, metida entre neblinas. Él y muchos otros me habían dicho y repetido que la finca era muy hermosa, según Justo la más bella de la región, y tenían toda la razón. Yo no soy muy del campo, «ese lugar donde los pollos caminan crudos», según dice Bernard Shaw, pero en esa casa y en ese paisaje casi habría podido vivir.

La represa era un espectáculo y, según me dijeron y según se alcanzaba a ver en las fotos que me mostraron, el pequeño valle que se extendía al frente antes de que lo inundaran había sido también un espectáculo. Yo habría podido vivir tal vez en esa casa después de quitar, claro está, tanta maricada bonita como ella había colocado por todas partes. Porque ella no era de las que ponían sino de las que colocaban. Espectáculo es lo que no se puede describir. Parecido al tao, pero en el ámbito de los paisajes. «¿El «ta» qué, querida?». Viejas brutas, a mis espaldas dirán que yo sí que soy pretenciosa y dirían, si pudieran, que ya me estaba creyendo Virginia Woolf, sólo que no tienen ni puta idea de quién coños era Virginia Woolf. O sí. Algunas tal vez sí. Tampoco voy a decir que *todas* son brutas. Sólo la mayoría. La finca era pues un espectáculo y además tenía aura, si la palabra se puede aplicar a fincas, pero no un aura maluca. Y no sólo por la belleza de los jardines. Seguramente alguien en algún momento de sus doscientos o trescientos años fue allí muy feliz e imprimió para siempre esa luz en la boñiga seca de las tapias, en la arcilla de las tejas. Yo diría que el bisabuelo constructor. No se trataba de afirmaciones espectaculares de belleza arquitectónica. No había sido ningún rebelde, como Gaudí, pero es posible que espiritualmente haya logrado tanto como él. Había una piedra de río de por lo menos media tonelada, por ejemplo, empotrada en una de las tapias, y en ella se podían ver los círculos concéntricos, muy bien dibujados, casi recalcados, que le había dejado el agua con el paso de los siglos o milenios. Y toda la casa estaba rodeada por un acueducto como de cincuenta centímetros de ancho, forrado en piedras pequeñas y redondas de colores surtidos, blanco, gris, negro. El agua le llegaba de un pequeño arroyo y, ya en el acueducto, producía un murmullo casi imaginario. Era para que a la casa no llegaran las hormigas. Aquellas construcciones son muy bellas, pero también sobrias, perfectamente funcionales, como se podía ver en este caso con lo del acueducto. Lo barroco, la exuberancia, está siempre en los jardines. La piedra empotrada, por completo inútil, era una excepción, un lujo espartano, frugal, que se había dado el constructor y que yo llamaría genial. ¡Cómo pudo haber sido Justo tan desdichado en un sitio de semejante alegría! Cuando vi la piedra empotrada, el día de su velorio, pensé en la persona que la había hecho poner allí. Regresé entonces, de golpe, a las primeras preguntas, las de la infancia, las que nacen del asombro y el terror aún no adulterados. ¿De dónde salen tantas cosas?, pensé. ¿Y a Dios quién lo hizo? El sólo hecho de que el mundo exista es aterrador. ¿Esa piedra qué es? La persona que la puso está muerta y desbaratada. ¿Quién nos obliga a sufrir el dolor, la tortura de pensar? ¿Qué o quién le puso ese terrible color de ictericia al pobre Justo?

El ataúd estaba al frente, en la sala, y por las ventanas y la puerta se veía el embalse. El agua había recibido lluvia la noche entera y su belleza se puso indescriptible cuando, todavía con jirones de neblina, recibió el primer sol de la mañana. Muchos de los que habían estado dormitando en las sillas abrieron los ojos y volvieron a cerrarlos, por el resplandor. Una muchacha vestida de luto entró con una bandeja y pocillos pequeños de café. El cajón tenía manijas de bronce. El sol entró por la puerta y las hizo brillar. Una lancha con cuatro pescadores apareció entonces, muy lejos, en el extremo de una de las islas. También ellos parecían despeñados por este destino que a todos nos fue concedido, animales, plantas, piedras, exuberante y deslumbrador, y sobre el cual nadie ha tenido nunca y tal vez nunca tendrá noción plausible, ningún poder, ningún escape.

El opulento abismo.

# Índice

Este libro se terminó
de imprimir en
Móstoles, Madrid,
en el mes de
enero de 2026

**«Para viajar lejos no hay mejor nave que un libro».**

EMILY DICKINSON

# Gracias por tu lectura de este libro.

En **penguinlibros.club** encontrarás las mejores recomendaciones de lectura.

Únete a nuestra comunidad y viaja con nosotros.

**penguinlibros.club**

penguinlibros